3 fois plus de chaleur

3 hommes et possessifs à la table de cartes,
mais une seule serveuse pour les servir.
Père Lolo

3 FOIS PLUS DE CHALEUR

First edition. May 18, 2024.

Copyright © 2024 Père Lolo.

ISBN: 979-8224425693

Written by Père Lolo.

Also by Père Lolo

Échos de passion
Une épouse pour un milliardaire
Le Passager Clandestin
Mauvais avec l'amour
Steve du Nouvel An
Ma Violente Valentine
La Déesse de l'île
Réclamer sa Propriété
3 fois plus de chaleur
3 fois plus de chaleur
Jaune
L'éternité du Milliardaire
Attendre pour toujours
Celui qui s'est enfui
La Caresse du Milliardaire

Il y a 3 hommes grogneurs et possessifs à la table de cartes, mais une seule serveuse de cocktail impertinente pour les servir.

Je travaille comme hôtesse à l'hôtel Corinthian. Dans la salle des gros joueurs, pour être exact, et je rencontre beaucoup de beaux clients.

Un jour, trois hommes déambulent dans...

... mais ce ne sont pas n'importe quels gars de la rue !

Dane est un magnat de l'hôtellerie aux yeux bleus qui voit tout.

Chris a le corps d'un dieu grec et assez de charme pour faire fondre une fille.

Et Jamison ? Eh bien, disons simplement qu'il ressemble à un héros d'action Marvel avec cette poitrine sculptée et ce sourire irrésistible.

Mais je ne suis personne, alors que Dane, Chris et Jamison ont tout à portée de main : l'apparence, l'argent, le pouvoir et l'influence.

Pourquoi voudraient-ils de moi ?

Pire encore, j'ai un passé terrible que je n'ai jamais révélé. Disons simplement que ma situation familiale est (et était) extrêmement floue...

Alors les trois hommes seront-ils toujours intéressés lorsqu'ils l'apprendront ?

Ou vont-ils me laisser, moi et leur bébé, dehors dans le froid ?

Chapite 1

TAMARA

« Wow, tu es superbe ! » mon amie Stasia respire alors qu'elle me prend la main et me fait tourner sur moi-même. Je ris en lissant modestement ma robe, mais je ne peux m'empêcher d'être d'accord avec elle parce qu'Ido est plutôt superbe.

Ce soir, j'ai décidé d'opter pour un look super sexy, j'ai donc enfilé une mini-robe noire en velours qui épouse ma silhouette voluptueuse, laissant apparaître beaucoup de décolleté. J'ai des seins double D et ils sont serrés par le tissu du haut, comme deux grosses boules de glace à la vanille. Encore plus fou, l'ourlet de la jupe continue de remonter, et je sais que si je me penche ne serait-ce qu'un tout petit peu, tout le monde tendra la tête pour voir cette ombre tentante. Bien sûr, je ne porte pas de string parce que les lignes de culottes sont un grand non-non dans mon travail.

Après tout, avoir une belle apparence est une exigence pour mon travail. Je travaille comme serveuse de cocktails au Corinthian Hotel, qui se trouve être l'un des hôtels les plus chics de Vegas, donc être sexy fait partie de mon travail. Pourtant, j'ai tout donné ce soir. Je suppose que j'avais juste envie de me parer encore plus que d'habitude.

"Merci", je murmure en m'observant dans le grand miroir du dressing. Mon maquillage est parfait. J'ai fait un look smokey-eye pour faire ressortir mes jolis yeux marrons et je l'ai associé à un rouge à lèvres rose. J'ai même lissé mes cheveux bruns habituellement bouclés pour qu'ils pendent longs et lisses dans une rivière dans mon dos.

"Tu es tellement magnifique, Tamara", soupire Stasia en se retournant alors qu'elle regarde sa propre tenue dans le miroir. "J'ai l'air si simple comparé à toi", grogne-t-elle, secouant la tête tout en prenant son crop top noir et son short booty, ainsi qu'une paire de cuissardes. « Peut-être que je mettrais quelque chose de plus classe si je devais travailler dans la salle des gros joueurs comme vous le faites. Au lieu de cela, je suis coincée à servir des boissons au Gold Plaza où tous les clients réguliers sont si impolis », s'agite-t-elle dans sa barbe.

« Le Gold Plaza n'est pas si mal », dis-je avec un sourire.

Elle secoue misérablement la tête.

« Peut-être, mais j'ai entendu les conseils incroyables dans la salle des gros joueurs ! Ce que je gagne en travaillant au Gold Plaza, c'est comme de l'argent de poche comparé à ce que vous devez gagner.

Je hausse les épaules et secoue la tête tandis que je regarde Stasia lutter pour mettre ses cheveux en queue de cheval haute.

« Hé, je comprends. J'avais hâte de commencer à travailler dans la salle des gros joueurs non plus, car ça fait du bien de passer au niveau supérieur après avoir passé des heures. Et croyez-moi, ce ne sont pas seulement les pourboires qui sont importants, c'est autre chose aussi. » Je lui fais un clin d'œil, remuant mes sourcils et riant alors que ses yeux s'arrondissent soudainement.

"Pas question que tu penses ce que je pense que tu veux dire!" Stasia murmure, même si nous sommes tous les deux les seuls actuellement à l'intérieur du vestiaire.

Je hoche la tête et fredonne un long « Mmm-hmmm ! »

"Tam, tu dois mentir!" dit-elle à voix basse, en me fixant d'un regard incrédule. Mais je secoue la tête, lui envoyant mon regard le plus sympathique.

"Non, je suis sérieux. Je vous le dis, je ne sais pas ce que c'est, mais tous les clients qui viennent là-bas ont des bites absolument énormes, d'une taille presque incroyable. C'est comme s'ils sortaient tout droit de Monster Mag, et qu'ils ne sont pas non plus cultivateurs. Ce sont des douches.

Le front de Stasia se plisse un instant.

« Qu'est-ce qu'un cultivateur et qu'est-ce qu'une douche ? »

Je regarde autour de moi mais encore une fois, la pièce est vide. Puis je me penche en avant et baisse la voix pour faire silence.

« Tu ne sais pas ? Les cultivateurs sont des gars qui sont petits lorsqu'ils sont flasques mais qui deviennent énormes lorsqu'ils sont excités. Pendant ce temps, les douches sont à l'opposé. Ils sont fondamentalement énormes tout le temps, tous deux flasques et excités. Les gros joueurs avec qui j'ai été sont tous des douches », dis-je avec un clin d'œil impertinent à mon ami. "Nous avons de la chance de cette façon."

Stasia se contente de secouer la tête avec émerveillement. Les joues de la jolie fille sont roses et l'envie teinte son ton.

« Je n'arrive pas à croire que tu me dises ça. Mais attendez, n'est-ce pas contraire aux règles ? Je veux dire, les cultivateurs et les douches, et... ?

"Oui, et oui," j'acquiesce.

Les grands yeux marron de Stasia s'écarquillent.

"Alors tu couches avec les gros joueurs ?"

Je hausse les épaules.

« Parfois, » dis-je d'un ton léger. « Parfois, nous l'emmenons dans une pièce à l'arrière. Mais parfois, je grimpe sur leurs genoux, juste là, à la table de poker, et bien, tu sais... »

Stasia laisse échapper un halètement.

"Vraiment?"

J'acquiesce comme si ce n'était pas grave.

«La salle des gros joueurs du Corinthian est très exclusive. L'hôtel effectue des vérifications d'antécédents, il y a des services de sécurité et tout est étroitement surveillé. Ainsi, nos clients masculins peuvent se détendre un peu lors de leur visite. Tout est permis dans la salle des gros joueurs quand il s'agit d'argent, d'alcool, de cigares et bien sûr de femmes.

La mâchoire de Stasia est désormais au sol, ses yeux ressemblent à des soucoupes.

"Est-ce que vous plaisantez?" elle halète.

Je fais simplement un clin d'œil et je souris.

"Vous le constaterez par vous-même lorsque vous serez diplômé dans notre partie du casino."

Pourtant, mon collègue essaie toujours de traiter cette nouvelle information.

"Mais Tamara, as-tu déjà eu des ennuis en couchant avec les gros joueurs ?" elle penche la tête, les yeux perçants de curiosité. "Je veux dire, c'est illégal, n'est-ce pas ?"

Je souris et hausse les épaules à nouveau.

"Non," je hausse les épaules. « Encore une fois, ces gars ne viennent pas à Vegas pour être des anges. De plus, la direction ferme les yeux sur nos manigances. Ils gagnent de l'argent avec des filles comme moi. C'est ainsi depuis la nuit des temps. »

"Vraiment?" Stasia halète.

« Oui, bien sûr. Encore une fois, ces gars ne viennent pas à Vegas pour leur santé. Ils sont là pour se faire plaisir, et le Corinthien veille à ce que leurs besoins soient satisfaits. Chacun de leurs besoins, pour être précis. Et les clients ? Eh bien, ils finissent par repartir très satisfaits et prêts à nous recommander à leurs autres amis fortunés », je rigole. "C'est donc une situation gagnant-gagnant-gagnant pour tout le monde."

Stasia continue de me regarder, la mâchoire au sol.

« Wow », se murmure-t-elle. "Juste wow."

« Je sais », dis-je avec un autre clin d'œil. "Plutôt génial, non?"

Stasia se contente de secouer à nouveau la tête, sa queue de cheval brune se balançant.

« Tu sais, je pense que je te déteste, Tamara. Je jure que c'est tellement injuste ! Vous vivez mon rêve alors que je travaille dur avec les habitués qui donnent des pourboires comme des avares et commandent à peine de l'alcool.

"Tu es dramatique", je ris, mais mon amie secoue la tête.

« Non, je suis tellement sérieux en ce moment ! Vous avez vraiment de la chance car vous travaillez dans une salle privée où vous n'avez pas à interagir avec des milliards de personnes différentes qui vous regardent à peine lorsque vous passez avec leur verre. Au lieu de cela, vous pourrez vous rapprocher de quelques hommes riches et sales qui vous donneront probablement un pourboire à quatre chiffres, et vous pourrez vous amuser de manière impertinente quand vous le souhaitez ! C'est le style de vie dont j'ai envie. C'est ce à quoi j'aspire », dit-elle d'une voix tout à fait sérieuse.

J'acquiesce et lui prends la main.

«Je sais», dis-je. « Mais Stassi, il te suffit d'abord d'acquérir une certaine expérience à ton actif. Après tout, vous ne travaillez au Corinthian que depuis six mois, n'est-ce pas ? Et tu étais strip-teaseuse avant ça, n'est-ce pas ?

"Ouais," Stasia acquiesce. « Voyons voir... J'ai commencé à me déshabiller dès que j'avais dix-huit ans et je l'ai fait jusqu'à mes vingt ans, puis j'ai arrêté et j'ai commencé à travailler ici parce que le Corinthian paie mieux. Je n'ai pas non plus besoin de me déshabiller.

"Eh bien, alors tu progresses déjà dans le monde", dis-je en lui serrant la main pour l'encourager. « N'oubliez pas d'être patient et les choses se passeront comme vous le souhaitez. Manifeste ton avenir, ma fille ! »

Elle applaudit et lève la main pour un high-five, que je gifle. Puis mes yeux s'écarquillent.

"Oh mon Dieu, il est temps pour nous d'y aller", halète-je après avoir jeté un coup d'œil à l'horloge. "Nos quarts de travail commencent dans quelques instants."

Mon amie hoche la tête en faisant claquer ses lèvres après avoir appliqué une autre couche de gloss. "C'est vrai, et je ne veux pas être en retard parce que je veux progresser", dit-elle en me faisant un clin d'œil. "Bientôt, je serai votre nouveau collègue au service des meilleurs clients du Corinthian."

"Exactement", je ris pendant que nous ajustons nos tenues. "C'est juste une question de temps."

Ensuite, on sort du vestiaire et Stassi va à gauche pendant que je tourne à droite. Le tapis est doux sous mes talons et les appliques murales projettent une lueur dorée devant moi. Je soupire de plaisir car j'aime mon travail... et la meilleure partie de ma nuit est sur le point de commencer.

Chapitre 2

Quand j'entre dans la salle des gros joueurs, il y a cinq hommes à l'intérieur. Il y a le dealer, que je connais sous le nom de Frank. Il va bien. C'est un homme plus âgé, d'une cinquantaine d'années, avec des manches de chemise impeccables, un gilet noir et une attitude amicale mais professionnelle. La discrétion est la clé ici au Corinthian, et je suis sûr que l'hôtel lui paie beaucoup d'argent pour qu'il se taise.

Un barman se tient au garde-à-vous au fond de la salle, formel avec ses manches blanches et son gilet rayé. Je ne connais pas son nom, mais cela n'a pas d'importance car nous regardons tous les trois hommes autour de la table. Ce doivent être mes clients.

"Bonsoir, messieurs", je salue d'une voix gutturale tout en pénétrant dans la pièce. "Je m'appelle Tamara et je serai votre hôtesse ce soir. Bienvenue à l'hôtel Corinthian.

Les trois gars se tournent vers moi et mon cœur commence à s'accélérer car ces hommes sont absolument magnifiques. Ils sont impeccablement vêtus de costumes sombres, et le blanc aveuglant de leurs poignets et de leur col crée un contraste saisissant avec la peau bronzée, les beaux traits et les cheveux foncés. J'ai toujours été une fille qui adore les hommes habillés à neuf, et ces gars-là font l'affaire.

Mais il ne s'agit pas seulement des vêtements, des montres chères et des chaussures cirées. Ce sont aussi les hommes eux-mêmes, car ils respirent pratiquement le pouvoir et le charisme. Je reconnais le plus proche de moi comme étant le Danois Mérovingien, le propriétaire de l'Hôtel Mérovingien, rival du Corinthien. Dane est d'une beauté alléchante avec une épaisse chevelure noir de jais, des yeux bleu glacial et son corps... oh mon Dieu, son corps. Même en costume, je peux dire à quel point il est sculpté. Il ressemble à un athlète olympique avec de larges épaules, une poitrine profonde et des jambes longues et puissantes.

Pendant ce temps, les deux autres hommes sont tout aussi bouleversants. Eux aussi ont des corps ciselés et athlétiques sous des tissus coûteux, mais l'un a d'épais cheveux châtains, tandis que l'autre a une mèche grise sur les tempes.

«Enchanté de vous rencontrer», dit l'homme aux cheveux châtains. La fossette sur sa joue gauche me rend le genou faible et je me force à me concentrer tandis que ses lèvres bougent. «Je m'appelle Chris Eckhart et voici Jamison Worth. Nous sommes tous les deux amis de ce type, » il donne une tape sur l'épaule de Dane. «C'est le Danois Mérovingien. Je suis sûr que vous avez entendu parler de lui. C'est un gros chien par ici.

"Je pense que oui," je souris avec un hochement de tête. — Un rapport avec l'Hôtel Mérovingien ? Je demande, feignant l'ignorance.

Chris et Jamison hululent de rire.

"Ce mec en est propriétaire", sourit sournoisement Jamison. "Serrure, crosse et barillet."

"Ah, je vois," j'acquiesce à nouveau. «Eh bien, bienvenue au Corinthian, M. Merovingian, M. Eckhart et M. Worth. J'espère que votre séjour ici sera agréable. Puis-je vous apporter à boire, messieurs ?

"Bien sûr, du whisky partout", dit Jamison d'une voix de baryton. "Assurez-vous qu'il s'agit de vrais produits, et pas de cette merde de malt qu'ils servent parfois sur le Strip."

"Bien sûr," dis-je avec un hochement de tête. "Nous ne servirions jamais une boisson maltée à la place d'une vraie boisson", j'ajoute avant de me retourner pour récupérer les boissons. Ensuite, je tourne les talons et me dirige vers le fond de la salle, où le barman attend silencieusement à son poste. Les hommes gémissent sans bruit et je sais ce qu'ils regardent : mon cul, qui tremble et se balance.

En quelques minutes, je reviens avec trois verres de whisky.

« Et voilà », je murmure en plaçant les boissons à leurs coudes. « Est-ce que je peux t'apporter autre chose ?

"Non", grogne Jamison en étudiant ses cartes. « Mais dis-moi, chérie. Quel était ton nom, déjà ?

"Je ne l'ai pas dit, mais c'est Tamara", je réponds d'une voix douce.

"Tamara", acquiesce Jamison, me regardant avec ses yeux bleus alors qu'il regarde à nouveau ses cartes. "C'est un joli nom."

"Merci. C'est mon nom, mais ne l'use pas, dis-je d'un ton enjoué. Sur ce, Jamison tend un gros bras, et avant que je m'en rende compte, il m'a tiré sur ses genoux.

"Bonté!" Je murmure en lui tournant les yeux écarquillés. "C'était rapide."

Il hoche la tête, un bras fort autour de ma taille alors qu'il continue de jouer.

"Désolé si je t'ai pris par surprise", dit-il d'une voix grave de baryton. « Mais j'ai besoin d'un peu de chair de femme sur mes genoux si je veux gagner cette main. Oh merde », grogne-t-il lorsque le croupier lance un cinq de pique. "Putain," grogne-t-il en pliant et en poussant ses cartes au centre de la table. Puis il tourne toute son attention vers moi.

"Alors comment es-tu arrivée avec nous, Tamara ?" il demande. "Ou devrais-je t'appeler Tammy ?"

Je ris, déjà perdu dans l'intensité de son regard.

« Ne m'appelle pas Tammy ! Je déteste ce surnom donc je m'appelle toujours Tam ou Tamara. Mais pour répondre à votre question, M. Worth, je ne peux pas choisir sur quelles tables je travaille. L'hôtel m'attribue une chambre, puis je sers les clients à l'intérieur.

Les trois hommes échangent un regard avant d'acquiescer.

"Ouais, c'est comme ça que ça se passe habituellement", dit Dane Merovingian d'une voix traînante en scrutant à nouveau ses cartes. "Mon hôtel est pareil."

Mais son commentaire me fait acquiescer.

« Mais si je peux vous demander, monsieur Mérovingien, pourquoi êtes-vous ici ? Les hôtels mérovingiens et corinthiens ne sont-ils pas rivaux ?

Le bel homme hausse les épaules avant de me lancer un sourire narquois.

"Ouais, mais nous venons ici pour changer de rythme", dit-il d'une voix traînante. « De plus, en tant que propriétaire d'hôtel, je dois garder un œil sur la concurrence. Je déteste Stone Thompson, mais il connaît son affaire. Cet endroit est agréable », dit-il en regardant autour de lui le plafond à triple hauteur, les somptueuses suspensions et la décoration globalement luxueuse. « La nourriture, l'alcool, les femmes... »

"En parlant de ça, Thompson n'est-il pas marié maintenant ?" Chris Eckhart demande à son copain. " Aux dernières nouvelles, il s'est connecté avec un morceau coquin. "

Dane hoche la tête. « Ouais, et je suis presque sûr qu'ils ont un bébé ensemble maintenant. C'est vraiment incroyable. Stone Thompson est papa. Que quelqu'un appelle les flics et mette ce connard en prison.

Chris et Jamison éclatèrent de rire, montrant même des dents blanches.

"Jaloux certains?" Chris sourit.

"Putain, on dirait que tu pourrais avoir besoin d'une femme", ajoute Jamison.

"Épouse!" Dane renifle avec dérision. "Pas probable. Vous me connaissez. Je ne suis pas vraiment du genre à m'installer.

Jamison hausse ses larges épaules.

«Je ne sais pas, mon frère. Peut-être que si tu trouvais la bonne femme. Bon sang, peut-être qu'il a besoin d'une femme comme Tamara avec qui s'installer, » Jamison fait un clin d'œil en tournant son attention vers moi. "Une petite chose sexy comme toi ferait la femme parfaite pour notre homme ici. En supposant que vous soyez légal, bien sûr.

«J'ai vingt ans», je les rassure d'un ton intelligent. "Le Corinthien n'enfreindrait jamais la loi."

Jamison hausse les épaules, regardant le croupier distribuer une nouvelle main.

« Certaines filles mentent juste pour obtenir un poste », dit-il d'une voix traînante.

«Je n'en fais pas partie», dis-je à nouveau. "Je suis légal jusqu'au bout."

"Oh bien," grogne Chris en examinant mes courbes. "Peut-être que Dane devrait alors te mettre enceinte et faire de toi une petite femme au foyer heureuse. Voulez-vous que?" » demande-t-il en remuant les sourcils. "L'épouse de l'un des hommes les plus riches de Vegas?"

Je me contente de rire en me tortillant un peu sur les genoux de Jamison. Le grand homme gémit sous moi alors que mes fesses basculent sur son manche.

« Je suis trop jeune pour être femme au foyer ! »

Les trois hommes lèvent les sourcils vers moi.

« Oui, mais à part l'âge, n'est-ce pas ce que veulent les femmes ? Vous n'auriez plus jamais besoin de travailler.

"Oh vous les gars!" Je ris, impuissant. « Bien sûr, ce n'est pas ce que je veux. Le travail n'est pas une corvée horrible qui vous pend au cou. Nous, les femmes, avons des objectifs et des aspirations dans la vie, vous savez. Nous ne sommes pas que du plaisir et des jeux.

Les trois hommes échangent un autre regard et je sens quelque chose se passer dans l'air entre eux.

"Eh bien, c'est bon à savoir", dit Dane d'une voix traînante, posant ses cartes avec désinvolture. Jamison et Chris hochent la tête tout en emboîtant le pas.

"Très bon à savoir", répète Chris en me regardant de haut en bas, son regard soudain vorace. «Laisse-moi te demander quelque chose, Tamara. Avez-vous déjà joué à Whack a Mole ? »

Je m'arrête un instant, déconcerté. D'où vient cette ligne de questionnement ?

« Frapper une taupe, comme dans le jeu du carnaval ? Où prends-tu un gros marteau que tu frappes dès qu'une fausse taupe sort la tête d'un terrier ?

"Ouais exactement," dit Dane d'un ton doux. « Sauf que nous avons notre propre version, qui est un peu plus excitante. Serais tu intéressé?"

Je fais une pause, légèrement pris au dépourvu.

« Oui, si c'est ce qui vous intéresse. Mais comment allons-nous jouer à la taupe alors que vous êtes occupés avec les cartes en ce moment ? Ou est-ce que j'ai raté quelque chose ?

Les hommes échangent un regard, leurs expressions curieusement neutres, mais aussi excitées.

"Eh bien, c'est une version de frapper une taupe qui peut plus précisément être décrite comme" chasser le coq "", sourit Jamison.

Je les regarde.

"Je suis désolé?" Je chuchote.

Les trois hommes ne sont pas dérangés et Chris lève un sourcil.

« En gros, nous sommes trois et vous un. Chaque fois que vous voyez une bite nue en l'air, vous vous asseyez dessus. Vous le couvrez avec votre chatte comme un coup de taupe. L'obtenir? C'est amusant, je le promets.

Je halete, mes yeux s'écarquillent alors que je réalise enfin ce qu'ils veulent. Ces hommes sont-ils sérieux ? Ils veulent mettre leurs bites à nu et ensuite me faire asseoir dessus ? Sainte vache.

Pourtant je suis tentée de dire oui car les trois hommes sont charmants et incroyablement attirants. Non seulement cela, mais j'ai l'eau à la bouche en pensant pouvoir jouer avec leurs bites. Sont-ils énormes, plus énormes ou plus énormes ? Est-ce que « plus énorme » et « plus énorme » sont des mots équivalents ? Pourtant, je m'en fiche car tout d'un coup, je sais quelle sera ma réponse alors que la chaleur inonde mes cuisses.

« Eh bien, si je décide de jouer avec vous, alors qu'en est-il du croupier ? » Je murmure en les regardant à travers mes cils. Je regarde de côté le monsieur plus âgé, et il est complètement silencieux tout en regardant sans expression le dessus de table en feutre vert.

« Et le concessionnaire ? » Chris d'une voix traînante.

Je hausse les épaules comme si le dealer n'était même pas présent.

«Eh bien, il va surveiller. Lui et le barman aussi.

Les trois hommes se tournent vers le barman avant de se retourner vers moi.

« Je suis sûr que Stone paie ses employés pour qu'ils soient discrets. Tout comme il vous paie.

J'acquiesce en me mordant la lèvre.

"Oui, c'est vrai", je murmure. "M. Thompson est très généreux et très gentil.

"Alors qu'est-ce que tu dis ?" » Chris d'une voix traînante, ses yeux bleus brillants. "Es-tu dedans ou dehors, Tamara ?"

Je me mords la lèvre en me tortillant un peu sur les genoux de Jamison. Je sens déjà ma chatte picoter et mon jus commence à couler le long de l'intérieur de mes cuisses alors que j'imagine rebondir entre les bites des trois magnifiques hommes. Cela pourrait être amusant... mais suis-je prêt à relever le défi ?

CHRIS Quand Dane a suggéré pour la première fois que nous venions rendre visite au Corinthian, cela ne m'intéressait pas.

Je pensais que je pouvais faire de meilleures choses avec mon temps, et de meilleurs endroits pour les faire aussi. Mais ce connard était déterminé à sortir au Corinthian, alors nous y voilà.

Mais cela en valait la peine. Après tout, les filles du Corinthian sont connues pour être incroyablement chaudes et disponibles, au juste prix bien sûr. C'est bien parce que nous sommes tous les trois des connards riches, donc l'argent n'est pas un problème. Du coup, nous sommes ici avec Tamara qui nous regarde, la poitrine haletante. Ses seins souples sont énormes, sur le point de déborder de son petit haut, ses cuisses sont épaisses et douces, et son cul est joli aussi, avec des joues fermes qui dépassent sous une petite jupe. Oh ouais, elle est bien faite. Son corps est courbé et parfait, exactement comme nous aimons nos femmes.

Mais Tamara hésite quand même.

« Est-ce que vous dites ce que je pense que vous dites ? » demande-t-elle à voix basse. Mon copain Jamison hoche la tête en croisant son regard.

"Oui, Tamara", entonne-t-il. « Nous serions ravis de jouer à la taupe avec vous. Bien sûr, vous recevrez un pourboire par la suite. Généreusement, pourrais-je ajouter.

Tamara se mord la lèvre tandis que ses joues s'empourprent. Elle est si belle avec ses longues boucles brunes et son expression innocente, mais je me secoue. Ce n'est pas innocent. Le Corinthien n'embaucherait jamais une fille naïve comme serveuse de cocktails, et bien sûr, Tamara hoche alors la tête.

«D'accord, je vais jouer. Quand est-ce qu'on commence?"

Merci putain, elle est intéressée parce que j'ai besoin de sentir sa jolie chatte. Je souris, jetant un coup d'œil à Dane et Jamison pendant un moment avant de regarder à nouveau notre belle victime. J'ouvre lentement mon pantalon avant de sortir ma bite et ses yeux s'écarquillent alors qu'elle le regarde, me faisant sourire narquois.

"Aimez ce que vous voyez?" Je la taquine et elle acquiesce rapidement.

« C'est gros », murmure-t-elle, ses joues devenant rouge vif.

Je ris. «Viens t'asseoir dessus alors. Notre jeu commence maintenant.

Tamara hésite un instant en regardant Jamison. Mais ensuite elle hoche la tête et glisse de ses genoux avant de se diriger vers moi. Elle n'hésite qu'un instant avant de remonter sa robe jusqu'à ce que tout son cul soit exposé, dévoilant ses grosses joues blanches. Comme une gentille fille, elle n'a pas de culotte en dessous et sa fente est déjà gonflée, rose et brillante d'excitation.

Puis Tamara s'assoit sur mes genoux, face à moi, posant ses mains sur mes épaules tout en me regardant dans les yeux.

"Comme ça?" » demande-t-elle dans un miaulement haletant. "C'est ce que tu veux?"

"Pas assez. Tiens, » je murmure en attrapant ses fesses et en la soulevant. J'enroule une main autour de ma bite, l'alignan avec l'entrée de Tamara avant de la regarder une fois de plus pour m'assurer qu'elle est prête.

Quand elle me fait un léger signe de tête, j'enfonce le bout de ma bite à l'intérieur d'elle et laisse échapper un gémissement alors qu'elle s'enfonce jusqu'au bout, sa chatte s'étirant sur toute ma longueur. Cependant, la coupe est serrée et les yeux de Tamara s'arrondissent.

"Mmmm", gémit-elle. "Oh mon Dieu, tu es grand."

"Je le suis, chérie", réussis-je à dire. « Mais prends ton temps. Commençons par vous étirer et vous préparer.

Les yeux de Tamara se ferment et son visage semble tendu alors qu'elle essaie de s'adapter. La fille aux courbes généreuses se tortille pendant quelques instants avant de finalement s'immobiliser.

"Êtes-vous d'accord?" Je râpe.

Ses yeux s'ouvrent lentement et je vois que son regard est hébété.

«Oui», murmure-t-elle.

"Bien."

Puis j'attrape ses joues, enfonçant mes doigts dans la chair douce avant de les écarter.

"Que fais-tu?" elle halète. "Oh mon Dieu!"

Mais c'est trop tard. Jamison et Dane gémissent tous les deux en regardant le trou étendu de Tamara, actuellement rempli de ma bite. Elle se penche même en avant, pressant ses seins contre ma poitrine et tendant la main pour poser ses petites mains sur les miennes, gardant ses joues écartées tandis qu'elle bosse ses hanches de haut en bas.

« Aimez-vous ce que vous voyez, messieurs ? elle rigole. Je sais de quoi mes amis sont bouche bée : une tige de monstre coincée dans sa couleur rose, avec son trou du cul qui leur fait un clin d'œil pendant qu'ils la regardent.

"Fuuuuck," gémit Jamison.

"Putain de merde", ajoute Dane.

Mais Tamara n'a pas encore fini. C'est une femme qui sait ce qu'elle fait et elle se serre autour de moi.

"Merde", je marmonne alors que ma bite est serrée, et elle rit, se soulevant légèrement avant de glisser à nouveau sur ma bite.

« Tellement grand », murmure-t-elle. « Je me sens tellement rassasié ! Je peux te sentir palpiter en moi," gémit-elle en se mordant la lèvre. Je gémis alors qu'elle se serre à nouveau autour de moi.

"Oh merde, tu vas me tuer, petite fille," je râle. "Oh merde, oh merde."

Tamara parvient à rire un peu tout en se serrant à nouveau.

"Mais ce sera une mort noble, n'est-ce pas ?" elle roucoule. Puis, à ma grande surprise, ce connard de Dane fait signe au croupier, et ce connard nous donne une nouvelle main.

"Putain, tu te moques de moi ?" J'y parviens, ma bite toujours enfoncée au fond de la fille ronde.

Dane hausse simplement les épaules et sourit, ses yeux bleus brillants.

« Personne n'a dit qu'on ne pouvait pas jouer et baiser », grogne-t-il. Ensuite, le jeu de cartes recommence et j'essaie de me concentrer sur ma main. Je peux à peine me concentrer, étant donné que Tamara est assise sur moi, et il faut tout en moi pour ne pas relever mes hanches et la baiser, ou pour ignorer complètement le jeu, la pencher sur la table et la percer jusqu'à ce qu'elle jouisse partout. ma bite. Mais j'aime à quel point la fille ronde se comporte bien, assise parfaitement immobile et patiente même si je peux dire qu'elle en veut plus.

Pourtant, c'est aussi émouvant dans cette position. Quand j'ai soif, Tamara porte mon verre à mes lèvres pour que je puisse prendre une gorgée de mon whisky. Quand je commence à perdre la partie, elle frotte ses seins contre ma poitrine et dépose un baiser sur ma mâchoire. Quand je commence à m'agiter et à me frotter contre elle, elle comprend l'allusion et commence à rouler ses hanches d'avant en arrière, me faisant gémir.

Je commence juste à m'y mettre quand Jamison s'éclaircit la gorge, et mes yeux se tournent vers lui, se rétrécissant quand je vois qu'il a retiré sa queue. Il m'envoie un sourire narquois avant de fixer Tamara. "A mon tour, chérie."

Elle descend docilement de mes genoux et je gémis, voyant comment elle a laissé une traînée collante sur ma tige. Ensuite, Tamara se dirige vers

Jamison et en un instant, mon copain la fait se retourner pour lui faire face avant de la tirer sur ses genoux. La brune bien roulée laisse échapper un grand halètement alors que sa bite pénètre dans sa chatte d'un seul mouvement rapide.

"Merde, tu te sens vraiment bien", grogne Jamison.

« Merci », hoquete-t-elle. "Je pense."

Il laisse échapper un grognement sourd et n'hésite pas un instant avant de commencer à glisser ses mains sur sa peau lisse. Saisissant son ventre mou, il caresse ses mains le long des courbes de ses côtés, sortant un de ses seins de sa robe puis caressant la chair douce. Elle gémit alors qu'il le serre, le faisant rebondir pendant un moment avant que ses doigts ne remontent jusqu'à son mamelon, qu'il tire et pince avec un sourire amusé sur le visage, appréciant clairement ses réactions.

Tamara sursaute, jappe, gémit alors qu'il continue de jouer avec son corps, puis elle hurle quand il tend une main pour lui caresser la chatte.

"Putain ouais," grogne Jamison. "Tu es trempé, chérie."

Tamara pousse un cri, essayant de serrer ses cuisses l'une contre l'autre quand il lui pince le clitoris, mais il les écarte rapidement avant de commencer à la frotter.

"Tellement réactif", rit mon copain. "Tu as une chatte tellement sensible, n'est-ce pas ?"

"O-oui," gémit-elle. « Oooh, ça fait du bien ! J'adore quand tu me touches comme ça !

"Je parie que oui, bébé", sourit-il.

Son dos se cambre et son corps frémit alors qu'il commence à laisser des baisers mouillés sur tout son cou pendant qu'il continue de lui masser la chatte. Pour être honnête, Tamara a l'air de passer un moment inoubliable avec sa petite robe retroussée autour de sa taille, la partie supérieure glissant vers le bas pour que ses gros seins blancs soient exposés. Ses jambes sont écartées aussi largement qu'elles peuvent passer sur les genoux de Jamison pendant qu'il joue avec sa chatte, et pendant que je regarde, il utilise des doigts intelligents pour faire sortir son clitoris de son capuchon.

"Putain, tu es excitée," râle-t-il à son oreille, en effleurant son nœud avec son doigt. "Ton clitoris est si raide, petite fille."

Mais Tamara n'entend pas. Sa tête est rejetée en arrière contre son épaule, sa bouche grande ouverte et ses yeux fermés alors qu'elle gémit et gémit sans vergogne. Sa chatte dégouline d'humidité, et le son de Jamison se frottant la chatte remplit la pièce avec ses gémissements et ses gémissements.

Dane et moi essayons toujours obstinément de jouer au jeu, mais nous ne pouvons pas nous concentrer alors que Tamara se débat et grogne comme une salope dans le besoin. Même Frank palpe son érection sous la table, même si je peux dire qu'il essaie d'être discret à ce sujet. Je ne peux pas blâmer le dealer car je ne pense pas qu'il y ait un homme au monde qui puisse résister à Tamara.

Mais ensuite, Jamison s'arrête brusquement, se penchant pour lui murmurer à l'oreille.

"Même si j'apprécie ça, il y a une autre taupe qui doit être frappée, ma chérie."

Lentement, les yeux de Tamara s'ouvrent, son regard trouble et hébété. Mais ses yeux se fixent alors sur la bite de Dane, qui est apparue de sa braguette. C'est un dix pouces qui est devenu rouge foncé avec le besoin, la tige laissant échapper des liquides abondants tout le long de ses couilles.

"Viens frapper mon grain de beauté, chérie", râle Dane, ses yeux bleus voraces. "Il faut l'enterrer profondément."

Tamara gémit mais avec une petite poussée, Jamison la pousse de ses genoux et vers notre ami. Ensuite, elle trébuche vers Dane, se laissant ensuite tirer sur ses genoux.

« À mon tour maintenant, chérie. Je vais essayer de ne pas être trop dur », grogne-t-il, et je sais déjà que c'est une promesse vide de sens car Danelo adore être dur avec ses femmes.

Elle s'assoit face à lui et nous regardons tous sa bite entrer lentement dans sa chatte avide. Tamara crie, cambrant le dos alors qu'elle pénètre profondément, et Dane grogne son approbation. Le mâle alpha utilise une main pour saisir sa poitrine et l'autre pour la tenir par la taille. Il ne lui donne aucun avertissement avant de commencer à la soulever de haut en bas sur sa queue.

"Putain!" crie-t-elle alors qu'il commence à la percer, ses couilles frappant sa chatte à chaque poussée, ses seins remuant sauvagement pendant qu'il la martèle. "Oh mon Dieu, je suis sensible, je—"

"Tout ira bien", grogne-t-il, sans ralentir. "Tu peux le prendre, petite fille. Je sais que tu peux."

Les yeux de Tamara roulent à l'arrière de sa tête et tout ce qu'elle peut faire est de s'agripper à ses cuisses, essayant de rester stable pendant qu'il la baise à la vitesse de l'éclair. À présent, nous avons abandonné notre jeu de cartes, et Jamison. et je nous caressais rapidement, au rythme des poussées de Dane, le regardant foutre la cervelle de Tamara.

"J'emmerde cette merde", grogne Jamison et ferme les yeux. "Je parie que c'est incroyable de la percer comme ça. que."

"Sa chatte m'aspire comme si elle ne voulait jamais que je me retire", grogne Dane "Oh merde, oh merde."

J'ai pratiquement l'eau à la bouche lorsque je vois la chatte de Tamara crémer, et ses demandes incessantes et surtout incohérentes se dirigent directement vers mon outil, des jets de pré-arrivée commencent à s'échapper. Je ferme les yeux pendant quelques instants, imaginant que mon poing. est la chatte de Tamara, et quand j'ouvre à nouveau les yeux, je vois que Dane est complètement immobile et tient Tamara sur sa bite. Elle a des spasmes autour de lui, bavant et gémissant alors qu'elle se contracte faiblement, et quelques secondes plus tard, je le vois venir. s'écoulant de sa chatte et faisant des dégâts sur sa bite.

La vue est suffisante pour m'envoyer par-dessus bord et je grogne alors que je me caresse jusqu'à mon point culminant, le sperme atterrissant sur mon poing. Mais Dane n'a pas encore fini. passe la main entre les jambes de Tamara et commence à frotter rapidement son clitoris. Elle se tend et pousse un cri, et quelques secondes plus tard, son corps recommence à avoir des spasmes alors qu'elle gicle. Le jet de jus clair est magnifique alors qu'il traverse l'air. , atterrissant avec une éclaboussure sur la table à cartes.

Nous laissons tous échapper des gémissements collectifs et Jamison grogne quelques jurons alors qu'il éjacule également, un liquide blanc s'infiltrant partout dans son poing. Putain de merde. La pièce sent le sexe et il n'y a aucun bruit à part notre respiration lourde. J'ai la tête qui tourne après mon orgasme et il me faut un peu de temps pour me remettre sur pied. Je peux dire que tout le monde est exactement dans le même état.

"Baise-moi", je râle. "Je ne me souviens pas de la dernière fois où je suis venu aussi fort ou où j'ai vu une femme gicler, d'ailleurs."

Mes amis hochent la tête.

"Putain de merde", c'est tout ce que Jamison peut gérer.

"C'était magnifique", reconnaît Dane. À ce stade, je pense que je dois une chose à ce fils de pute. Plus d'un, vraiment, pour avoir ainsi emmené Tamara au précipice.

Mais ensuite, la fille bien roulée cligne des yeux et laisse échapper un grand soupir.

"Je ne savais même pas que je pouvais gicler comme ça", murmure-t-elle avec émerveillement.

Dane sourit, toujours aussi suffisant. "Eh bien, maintenant tu le fais. Vous êtes les bienvenus."

"Tu es une déesse", je ris. "Une déesse éjaculatrice, pour être plus précis."

Tamara rit, mais les rires se transforment ensuite en un halètement lorsque Dane tend la main pour la toucher là où ils sont rejoints.

« Êtes-vous sensible ici ? il murmure. "Est-ce que trois bites dans ta chatte, c'était trop ?"

Elle secoue la tête, respirant toujours fort.

"Non, je vais bien", parvient-elle. "Pourquoi?"

Il sourit.

"Parce que si tu es sensible, nous pouvons ensuite utiliser tes autres trous si tu préfères. Aimes-tu le sexe anal, Tamara ? As-tu un trou du cul serré, bébé ? Pourriez-vous nous laisser le tester ?

Les mots sont sales, mais Tamara n'est pas du tout rebutée par son attitude. Au lieu de cela, elle se contente de sourire timidement et de hocher la tête.

"Tu veux dire, frapper une taupe, mais en utilisant mes fesses cette fois ?"

Je ris.

"C'est exactement ça, chérie."

Tamara se contente de rire à nouveau avant de secouer ses seins vers nous, les orbes blancs rebondissant.

« Soyez mon invité, messieurs », roucoule-t-elle d'un ton guttural. "J'adorerais jouer une autre partie de taupe avec toi par derrière cette fois."

Jamison, Dane et moi gémissons parce que Tamara est évidemment la femme qu'il nous faut. Elle est salope, sale et disponible pour jouer à tous les jeux que nous désirons. Je ne devrais pas être surpris car c'est Vegas après tout – où les rêves deviennent vraiment réalité.

Chapitre 3

TAMARA

« Vous devez mentir ! » La voix de Stasia est si forte que je grimace un peu.

"Fille, tu sais que c'est vrai", dis-je sur l'écran de mon ordinateur portable. "Je jure que c'est arrivé."

Elle secoue la tête avec émerveillement.

"Oh mon dieu, Tam. Je suis si fier de toi! Tu as vraiment couché avec trois hommes ? elle crie pratiquement, et je ris, hochant la tête tout en fouillant les tenues dans mon placard.

« Ouais, et pour être honnête, je n'arrive même pas à y croire moi-même. Je veux dire, j'ai déjà couché avec des clients dans la salle des gros joueurs de nombreuses fois auparavant, mais jamais trois à la fois. À quoi diable pensais-je ? »

"Probablement rien", rigole Stasia. "Je doute que tu aies eu beaucoup de temps pour penser à quoi que ce soit en prenant trois bites dans ta chatte. Je veux dire, putain de fille. C'est une merde dans le Livre Guinness des Records.

"Non, ce n'est pas le cas", je rétorque, sortant finalement de mon placard et retournant à mon lit où se trouve mon ordinateur portable. « Vous savez qu'il y a toutes sortes de gang-bangs sur Internet où des filles prennent cinquante ou cent hommes d'un coup. C'est maintenant le Livre Guinness des records du monde.

« Est-ce qu'ils gardent une trace des gang-bangs ? » se demande Stassi. "Ce serait plutôt cool."

Je secoue la tête tout en roulant les yeux.

« Non, j'en doute. Le truc de la Guinness est axé sur la famille, donc ils font des trucs comme l'être humain le plus grand et l'éternuement le plus bruyant. Mais que penses-tu de cette tenue ? Je demande en brandissant un crop top blanc uni et un jean. "Aimez-vous?"

Stasia plisse le nez.

« C'est trop simple. Il te faut quelque chose de plus impertinent.

"Je le pense aussi", je soupire avant de me retourner vers le placard. Mais mon ami ne se laissera pas dissuader de discuter des escapades de la nuit dernière.

« Quoi qu'il en soit, dis-m'en plus, Tam. Qui avait la meilleure bite ?

« Stas ! » Je m'exclame en sortant un instant la tête du placard.

"C'est juste une question!" gémit-elle. "Vous ne pouvez pas me reprocher d'être curieux."

Je souris malicieusement.

« Eh bien, honnêtement, je ne peux pas répondre à cette question parce qu'ils étaient tous incroyables. Je veux dire, j'ai déjà été avec beaucoup d'hommes, mais je ne me souviens vraiment pas avoir éprouvé autant de plaisir. Je dirai juste ceci : une grosse bite ne signifie pas toujours qu'il y aura du bon sexe, mais ce n'était pas le cas cette fois-ci. Ils savaient tous comment gérer une femme de la bonne manière, si vous voyez ce que je veux dire.

"Je ne me remettrai jamais de la chance que tu as", gémit Stasia. « Vous obtenez un quatuor avec trois mecs riches qui savent vraiment quoi faire de leur pénis, et vous êtes payé pour cela. Dieu a vraiment ses favoris.

« D'habitude, je discuterais, mais je pense que vous avez peut-être raison. Je dois être le favori de Dieu s'il a permis que la nuit dernière se produise. Stas, tu ne comprends même pas. Jamison, Dane et Chris étaient tellement sexy ! Je n'ai jamais vu des hommes plus beaux de toute ma vie.

Stas soupire rêveusement.

« Je sais que vous dites la vérité parce que j'ai déjà vu M. Mérovingien et même si je n'ai réussi qu'à avoir un bref aperçu, j'ai failli m'évanouir sur le coup ! L'homme ressemblait à Zeus prenant vie, et je suis sûr que ses amis étaient tout aussi attirants. Vous savez à quel point les mecs athlétiques en forme traînent toujours avec d'autres mecs athlétiques en forme.

«Ils étaient très beaux», lui dis-je après être ressorti du placard. « Et celui-ci ? » Je demande en brandissant une petite robe violette. "Mieux?"

Stasia regarde la tenue que je tiens pendant quelques instants avant de hocher la tête, un grand sourire illuminant son visage.

« Maintenant, c'est plutôt ça ! Ils vont adorer celui-là, Tam. En fait, ils l'aimeront probablement tellement qu'ils l'arracheront dès qu'ils vous verront dedans, alors vous feriez mieux d'apporter une deuxième tenue juste au cas où », rigole-t-elle. "Nous ne voudrions pas que vous rentriez chez vous en haillons."

Je secoue la tête, arrachant rapidement ma serviette après avoir aperçu l'heure. Je suis un peu en retard, mais ce n'est pas grave. Il vaut mieux les faire attendre de toute façon !

« Je suis censé les rencontrer uniquement pour discuter, mais qui sait ce qui va se passer ? En plus, je ne sais même pas de quoi ils veulent parler. Pensez-vous qu'il s'agit de quelque chose de grave ? Je veux dire, j'ai passé un bon moment, mais peut-être qu'ils pensaient que c'était de la merde.

Stasia secoue immédiatement la tête, ses boucles brunes flottant.

"Non, certainement pas", dit-elle. « Si le sexe était aussi bon pour eux que pour vous, cela ne peut pas être mauvais. Peut-être veulent-ils simplement vous remercier en personne de leur avoir offert le meilleur sexe de leur vie ?

"Ouais, peut-être," je ris. «D'accord, je dois y aller. C'est bien de parler avec toi, ma fille.

"Très bien, eh bien, dis-moi comment tout se passe plus tard", fait-elle un clin d'œil. «Je veux entendre tous les détails. Et je veux dire tout, Tams.

"D'accord, ça fera l'affaire!" Je souris. "Promesse."

Ensuite, nous raccrochons et il ne me faut pas longtemps pour enfiler ma tenue une fois que nous avons fini de parler. La mini-robe violette est en fait un ensemble deux pièces composé d'un haut tube et d'une mini-jupe avec une longue fente sur le côté qui remonte jusqu'à ma cuisse et expose pratiquement mes parties intimes. C'est scandaleux et impertinent, mais je sais que Dane, Chris et Jamison l'apprécieront.

Après m'être rapidement maquillée et coiffée, j'attends un taxi devant la porte d'entrée et je suis bientôt emmenée à l'hôtel Mérovingien. Dane a conçu le Mérovingien pour qu'il ressemble à Versailles. L'hôtel n'est donc rien de moins qu'un palais avec d'imposantes fenêtres rectangulaires, des colonnes cannelées et de multiples embellissements de style baroque français. Cet endroit est énorme avec une fontaine géante dans la cour extérieure, ainsi qu'une allée circulaire pavée menant à l'entrée principale.

Mais je remarque à peine l'architecture car je ne pense qu'aux hommes qui m'attendent. Ils sont magnifiques et j'ai hâte de les revoir.

Rassemblez-vous Tamara. Vous ne pouvez pas rêver ainsi car Jamison, Chris et Dane sont des clients, et rien de plus ! Vous savez qu'il vaut mieux ne pas vous investir émotionnellement.

Mais je n'y peux rien. Ils sont tellement charismatiques et leur charme est irrésistible. Je me demande déjà quand ils décideront de passer ensuite au Corinthian. Ou la nuit dernière n'était-elle qu'une aberration ?

J'essaie de calmer mes nerfs alors que je me dirige vers l'entrée et entre dans l'hôtel. Où dois-je aller à partir d'ici ? Dois-je m'adresser à l'un des réceptionnistes ? Mais c'est alors qu'une voix retentit par-dessus mon épaule.

"Tamara Nord?" un homme me salue. Il s'incline profondément et fait clairement partie du personnel.

"Oui, c'est moi", je murmure.

L'homme acquiesce.

« Bienvenue chez les Mérovingiens. Je m'appelle Stand et M. Merovingian m'a demandé de vous accompagner jusqu'au penthouse. Suivez-moi, s'il vous plaît."

Lorsque Stand se retourne, je rebondis sur place pendant quelques instants avant d'essayer d'avoir l'air normal. Je ne veux pas ressembler à un enfant dans un magasin de bonbons, même si c'est ce que je ressens en ce moment. De plus, l'intérieur de l'hôtel est luxueux et je peux à peine retenir un soupir alors que nous nous dirigeons vers les ascenseurs. Il y a des sols en marbre, de lourds lustres suspendus aux plafonds et des peintures murales sur les murs représentant des dieux, des nymphes, des animaux et même la Vierge Marie. Mais bientôt, nous arrivons au penthouse, et après un coup, la porte s'ouvre.

"Monsieur," Stand s'incline. "Miss Nord est là."

Puis, le serviteur disparaît, me laissant devant le Danois Mérovingien lui-même. Il est encore plus beau aujourd'hui, vêtu d'une chemise blanche et d'un jean bleu décontracté. D'une manière ou d'une autre, sa carrure semble plus grande, ses cheveux plus noirs et ses yeux bleus brillent quand il me voit dans le couloir.

«Bienvenue, chérie», grogne-t-il. "Entrez. Vous êtes magnifique comme toujours."

J'entre dans le penthouse et je halete. Les plafonds à triple hauteur s'étendent sur trente pieds dans les airs et les meubles à l'intérieur sont en cuir blanc moderne avec des touches de bleu. Un immense écran plat orne un mur et, à gauche, je peux voir la cuisine complète d'un chef ainsi qu'un couloir menant à ce qui doit être les chambres. Mieux encore, il y a une terrasse extérieure avec un... jacuzzi ?

Dane voit ce que je regarde et rit.

"Oui, c'est un bain à remous", ronronne-t-il. "Tu peux l'utiliser si tu veux."

Je cligne des yeux.

« Mon Dieu », c'est tout ce que je peux gérer dans un murmure. "Ouah."

"Tu es magnifique", dit une autre voix masculine sur le côté, et je me retourne rapidement pour voir Jamison et Chris émerger d'un salon sur la gauche. "Accueillir."

"Salut", je murmure, me sentant soudain très timide. J'aurais peut-être dû porter quelque chose de plus formel et moins skanky. Comme une simple robe qui couvre davantage ou des chaussures sans talons en acrylique transparent. Mais les hommes n'ont pas l'air dérangés du tout. En fait, ils regardent ma tenue avec des yeux reconnaissants.

"Magnifique", murmure Chris, ses yeux parcourant mes courbes. "Absolument magnifique."

"Merci." Je décide d'accepter son compliment avec grâce, essayant d'écarter mes soucis inutiles. "Vous aussi, vous êtes tous très beaux."

"Nous voulions être à notre meilleur pour vous", rit Jamison, et mes yeux s'écarquillent un peu. L'idée qu'ils veuillent m'impressionner me fait fondre, un rougissement s'installant sur mes joues alors que je souris et hoche la tête.

"Cette suite est vraiment sympa aussi", leur dis-je en regardant autour de moi, en essayant de ne pas paraître trop gêné. Après tout, je viens d'un petit hameau du Midwest et des endroits comme celui-ci n'existent même pas dans ma ville natale.

"Je suis content que tu le penses", ronronne Dane en posant sa main sur le bas de mon dos. « Mais assez de bavardages pour l'instant. Pourquoi ne pas prendre un verre de vin et aller droit au but, Tamara ? Nous avons quelque chose de très important à discuter avec vous.

Je regarde les trois hommes autour de moi et prends une profonde inspiration avant d'acquiescer, me laissant guider vers l'un des immenses canapés du salon. Qu'ont en tête ces hommes ? J'ai hâte de le découvrir.

Chapitre 4

Parmi toutes les belles femmes que j'ai eu le plaisir de connaître, Tamara est de loin la plus époustouflante. Il y a quelque chose en elle d'inexplicablement sexy. C'est en partie sa tenue, qui met en valeur sa silhouette voluptueuse et ses atouts généreux. Mais c'est aussi sa personnalité et sa verve. Elle est charmante d'une manière que je ne peux pas commencer à décrire, et audacieuse et courageuse aussi. Plus important encore, elle est suffisamment féminine pour pouvoir affronter trois hommes insatiables, ce qui est exactement ce dont nous avons besoin.

Après tout, Dane, Chris et moi recherchons une femme vorace et avide de bites. Nous avons toujours aimé partager des femelles, depuis que nous étions ensemble en première année au Ithaca College. À l'époque, nous rencontrions une étudiante particulièrement jolie, puis nous la faisions circuler entre nous trois. Cela a bien fonctionné. Il n'y a rien de mieux que de garder une femme rassasiée et satisfaite, et il n'y a pas de moyen plus simple d'y parvenir que d'avoir trois hommes pour faire le travail. Les étudiants ont également apprécié. Ils seraient surpris et choqués au début, mais ensuite ils s'adapteraient rapidement au nouveau style de vie. Bientôt, les filles suppliaient comme des putes d'être prises dans les trois trous à la fois, et nous avons gardé cette habitude pendant des décennies, passant des femmes entre nous trois comme des jouets stupides à utiliser.

Mais cela fait un moment que cela n'est pas arrivé. Évidemment, notre style de vie ne convient pas à tout le monde, et cela fait longtemps que nous n'avons pas eu de femme sur le pont. Mais nous avons vraiment décroché un jackpot avec Tamara car elle est excitée, salope et pourtant intelligente aussi. Elle nous tient en haleine et possède un certain esprit qui a tendance à me rendre fou. S'il y a une chose que j'aime, c'est une femme qui parle. C'est bien plus amusant de les remettre à leur place.

Mais surtout, Tamara a si bien pris toutes nos bites hier soir, et elle avait l'air incroyable en le faisant. C'était quelque chose qui sortait tout droit d'un porno, la façon dont elle s'est montrée complètement flexible envers nous et nous a permis de l'utiliser à notre guise, ses yeux révulsés, ses seins rebondissant, sa peau rougissante, la sueur coulant sur son corps parfait pendant que nous la baisions et à nouveau. Cette image est une image que je ne pourrai jamais sortir de ma tête. Chaque fois que je ferme les yeux, le visuel réapparaît et je ferai tout ce qu'il faut pour que cela se reproduise.

Après tout, il y a encore tellement de choses que je veux faire avec Tamara. Hier soir, c'était juste un apéritif. Un petit aperçu de ce que cela pourrait être si Dane, Chris et moi utilisions son corps à fond, de toutes les manières imaginables. Je veux voir ses jolies lèvres roses et boudeuses enroulées autour de ma bite, et je veux voir ses grands yeux bruns regarder dans les miens pendant que je baise sa bouche. Je veux avoir la chance de lui remplir le cul avec ma bite – je veux que nous trois remplissions tous ses trous en même temps pendant qu'elle crie et se tord. Je sais que Tamara serait capable de le supporter, et je parie qu'elle en adorerait chaque seconde.

Mais je prends un peu d'avance. Patience, murmure la voix dans ma tête. Un pas à la fois.

« Et voilà », je souris en tendant un verre de vin à Tamara avant de m'installer à côté d'elle sur le canapé. La fille aux courbes généreuses rit alors qu'elle est coincée entre Dane et moi. Mon bras est jeté sur le dossier du canapé, tandis que la main de Dane repose sur l'intérieur de sa cuisse. Elle est excitée par notre proximité et miaule à nouveau, sa peau se réchauffant. Mon copain, toujours opportuniste, écarte un peu ses cuisses et Tamara rit tandis que Chris gémit, regardant entre ses jambes alors qu'elle lui montre. Je n'ai pas besoin de regarder pour savoir qu'elle ne porte pas de culotte. Méchante fille. J'ai hâte de lui donner une leçon.

« Alors, de quoi vouliez-vous parler ? » demande-t-elle avant de prendre une gorgée de son vin. Il nous faut quelques instants à nous trois pour nous ressaisir car Chris est encore trop occupé à regarder entre ses jambes, les doigts de Dane remontent vers sa chatte et je ne peux pas m'empêcher de regarder ses seins gonflés. Mais Dane s'éclaircit la gorge et reprend le contrôle.

« Nous vous avons invité ici pour vous faire une offre », commence-t-il d'un ton légèrement essoufflé.

"Une offre ?" » demande Tamara en haussant les sourcils. "Je vous en prie, quel genre d'offre ?"

Nous échangeons un regard tous les trois, puis je la fixe de mon regard bleu.

«Nous voulons que vous quittiez votre travail au Corinthien et que vous veniez plutôt au Mérovingien», dis-je.

Tamara se tourne vers moi, les cils battant tandis qu'elle cligne plusieurs fois des yeux, visiblement confuse. « Alors, tu veux que je devienne serveuse de cocktails au Mérovingien ? Je sais que le Corinthien est un rival, mais est-ce vraiment nécessaire ? Il y a beaucoup de serveuses ici. Vous n'avez pas besoin de voler le bâton de Stone Thompson.

Nous l'avons interrompue tous les trois avec des rires bruyants qui semblent la prendre au dépourvu.

"Non, chérie," rit Chris en secouant la tête. « Désolé, nous ne l'avons pas bien expliqué. Vous ne travaillerez pas si vous venez au Mérovingien. Du moins pas au sens traditionnel du terme.

Maintenant, Tamara a l'air encore plus confuse, une moue sur ses lèvres pelucheuses.

"Que veux-tu dire par là ?" elle interroge.

« Vous aurez ce penthouse pour vous tout seul », explique Dane en agitant la main autour de l'espace somptueux. «Et vous aurez un accès complet au spa, à la salle de sport, aux restaurants et aux boutiques du Mérovingien. Si vous souhaitez visiter le casino et vous amuser, vous le pouvez. Vous souhaitez visiter le bar et prendre un verre ? Tu peux. Tu auras accès à tout, chérie. Tout ce que vous voulez, c'est à vous.

Maintenant, Tamara a l'air complètement perplexe.

"Mais ?" elle demande. « Il doit y avoir un piège. Je ne suis pas né hier. Dane rit et hoche la tête.

"Oui tu as raison. Vous devrez subvenir à nos besoins en retour.

"D'accord. Faire quoi ?" elle lève un sourcil.

Nous partageons tous les trois un autre regard.

"Vous devrez être disponible pour nous trois - et seulement pour nous trois - 24 heures sur 24, 7 jours sur 7", dit Dane d'une voix douce. "Alors qu'en penses-tu, chérie ?"

Tamara nous regarde, ses yeux marrons incrédules.

« D'accord, je pense qu'il me manque certains détails. Qu'entendez-vous par "disponible" à tout moment ? »

"Nous voulons dire que tu seras notre jouet personnel", je grogne, alors que les yeux de la jolie fille se tournent vers moi.

« Un jouet personnel ? » fait-elle écho avec incrédulité. "Es-tu sérieux ?"

J'acquiesce.

« Écoutez, nous ne recherchons pas une petite amie, une épouse ou quoi que ce soit de sérieux qui pourrait conduire au mariage ou même à une vraie relation. Au lieu de cela, ce que nous recherchons, c'est l'accès. Accès à une femme très spéciale dont nous pouvons profiter aussi souvent que nous le souhaitons. Nous trois, à la fois. Et nous sommes prêts à payer pour cet accès. Vous vivriez dans le luxe ici à l'Hôtel Mérovingien. Gratuitement bien sûr. »

"Et nous ajouterons même une allocation", ajoute Chris d'un ton décontracté. « Que diriez-vous de dix mille dollars en espèces chaque semaine, en plus de la nourriture, du logement et de tout ce que votre joli petit cœur désire ? Est-ce que ça marcherait pour toi, chérie ?

Tamara nous regarde tous lès trois, la mâchoire au sol.

"Alors laissez-moi mettre les choses au clair", dit-elle d'une voix incrédule. "Ce que tu veux dire, c'est que tu veux qu'une femme fasse des gangbangs avec toi, quand tu en as envie."

"Eh bien", Dane ourdit et haws. "Peut-être pas exactement un gangbang", commence-t-il. Mais ensuite il se mord la lèvre alors qu'il regarde entre Chris et moi. « Eh bien, d'accord, c'est peut-être fondamentalement ce que nous voulons. Mais le mot « gangbang » est un peu exagéré car nous ne sommes que trois et vous savez ce que c'est que les gangbangs. Il peut y avoir cinquante ou cent hommes qui utilisent une femme au maximum.

"Oh, ouais, ça rend les choses meilleures", dit Tamara d'une voix drôle.

Chris soupire.

« Écoutez, nous ne vous rabaisserions jamais sans raison », déclare-t-il d'un ton sérieux. « Mais oui, vous nous prendriez tous les trois à la fois, si le moment l'exige. Nous pourrions vous utiliser séparément, à part, être dans la même pièce ou vous brancher complètement dans tous les sens si c'est ce que nous voulons.

« Si c'est ce que tu veux », répéte Tamara à voix basse.

J'acquiesce.

"Oui. C'est la clé. Tu fais ce que nous voulons et nous te payons pour avoir accès à ton beau corps, Tamara. C'est ce que nous voulons.

Elle se mord la lèvre et regarde sur le côté.

«Eh bien, merci pour cette aimable offre, mais c'est à l'improviste. Je ne sais pas. Je suppose que je vais y réfléchir.

Il y a une légère pause alors qu'un bref silence se répand dans toute la pièce. Ce n'était pas la réponse à laquelle mes amis et moi nous attendions, nous sommes donc un peu pris au dépourvu. Après tout, Tamara a déjà joué à une partie de taupe avec nous et elle est clairement capable de se prendre trois bites et d'en profiter aussi. Alors pourquoi hésite-t-elle maintenant ? J'essaie de comprendre ce qui pourrait la retenir, mais rien ne me vient à l'esprit.

Après tout, une autre femme à sa place sauterait sur une opportunité comme celle-ci. Ils apprécieraient l'opportunité de gagner beaucoup d'argent, de vivre sans loyer dans un hôtel cinq étoiles et de répondre à tous leurs caprices. Mais Tamara ne semble pas très intéressée. La femme est pleine de surprises, je lui en donne.

« Y a-t-il une raison pour laquelle vous devez y réfléchir ? » » demande Chris d'un ton doux. "Faites-nous part de votre réflexion."

Tamara hausse à nouveau les épaules.

« C'est juste que j'ai toujours travaillé pour gagner ma vie et j'y suis habitué. Donc rester ici à ne rien faire, à part agir comme un jouet personnel, n'est peut-être pas ma tasse de thé.

Ma bouche s'ouvre alors qu'elle se lève, nous envoyant à tous un sourire alors qu'elle pose son verre de vin sur la table basse.

« Messieurs, vous avez raison. C'est une offre incroyable, et je promets que j'y réfléchirai vraiment. Mais je ne peux pas dire oui ou non tout de suite parce que j'ai besoin de temps. J'espère que vous comprenez", nous dit-elle avant de se tourner vers la porte. Ensuite, Tamara se dirige vers le hall de la suite et part sans un second regard vers nous.

Nous sommes assis là dans un silence stupéfait après que la porte se soit fermée, nous regardant sous le choc.

"C'est quoi ce bordel ?" Chris grogne.

"Est-ce qu'elle vient de nous refuser?" » demande Dane d'une voix surprise.

"Ouais," je d'une voix traînante. Je m'affale contre le canapé, laissant échapper un rire profond. « Nous avons les mains occupées avec celui-ci, messieurs. Il faudra plus qu'un peu de succion et de baise pour que Tamara North revienne. Alors, quelle est la prochaine étape ? Comment pouvons-nous lui faire dire oui ?

Les regards vides de mes amis me regardent et je gémis. De toute évidence, vendre Tamara dans le cadre de notre accord va être plus difficile que prévu... mais cela en vaut également la peine à cent pour cent.

Chapitre 5

TAMARA

Le lendemain, je suis de retour à l'intérieur du Mérovingien. Les gars veulent me parler à nouveau et la vérité est que moi aussi j'ai envie de leur parler après avoir passé la nuit à réfléchir.

Après tout, leur accord est scandaleux. Je ne sais pas ce que j'attendais d'eux, mais ce n'était certainement pas ça. Je ne savais pas qu'ils allaient me proposer de devenir leur jouet sexuel vivant et respirant à temps plein. Honnêtement, je pense que je devrais être offensé, mais je n'arrive pas à m'offenser alors que ce serait un peu hypocrite de ma part. Parce que comment pourrais-je être offensé par quelque chose qui, même si je déteste l'admettre, m'excite autant ? L'idée que Chris, Jamison et Dane utilisent mon corps pour leur plaisir quand ils le souhaitent est vilaine, excitante et tellement fausse. Mais je suis une fille qui a toujours été attirée par le mal, et c'est là le problème. En conséquence, je veux approfondir les choses. Je veux parler avec les trois hommes et creuser un peu avant de prendre une décision.

Maintenant, je suis à la Casa Lavazzo au Mérovingien. C'est un magnifique restaurant italien avec une musique apaisante, des lumières tamisées et des nappes blanches. L'hôtesse hoche la tête à mon arrivée et me conduit immédiatement à une table où Chris, Jamison et Dane attendent. Ils se lèvent lorsque je m'approche et un frisson brûlant me parcourt l'intérieur. Ils sont magnifiques, comme d'habitude, habillés formellement ce soir dans des costumes sombres avec des chemises blanches aveuglantes en dessous. Trois paires d'yeux bleus éblouissants me transpercent alors que je m'assois en face d'eux, faisant de mon mieux pour ne pas rougir de toute l'attention.

"C'est un plaisir de te revoir, Tamara", salue Dane en s'asseyant.

Je me racle la gorge, laissant échapper un rire nerveux, avant de me réprimander mentalement d'être déjà si excité.

«Toi aussi», je murmure. "J'ai l'impression que ça fait longtemps, même si nous ne nous sommes vus qu'hier."

"On a l'impression que ça fait longtemps", reconnaît-il simplement.

Je me mords la lèvre à cause des nerfs, puis je souris un peu. « Alors, de quoi vouliez-vous parler ? Je suppose que c'est la même chose qu'avant... ?

"Oui," Jamison hoche la tête. « Nous voulions tenter de vous convaincre de revenir sur notre offre. Mais nous allons adoucir l'offre, Tamara.

"Oh?" Je hausse les sourcils. Wow, je ne m'y attendais pas. L'accord était déjà assez généreux auparavant. Je veux dire, ils m'ont offert un penthouse, tous les accès aux commodités de l'hôtel, de la nourriture et des boissons gratuites, ainsi que dix mille dollars en espèces par semaine. Je ne vois pas comment ils pourraient améliorer les choses, mais qui sait ? Je vais les écouter.

"Comment ça?" Je murmure. "Je suis tout ouïe."

Chris me regarde avec un regard bleu calme.

« Nous vous avions proposé dix mille dollars par semaine auparavant, mais nous avons réalisé que nous pouvions faire mieux que cela. Vingt mille dollars par semaine devraient suffire, n'est-ce pas ? » il traîne.

J'ouvre la bouche pour balbutier quelque chose, mais Dane me coupe la parole.

« Et les vacances aussi. Au moins un séjour par mois, vers la destination de votre choix. Vous pourriez faire un voyage à Paris en mai, visiter l'Afrique en juin, vous amuser à Cabo en juillet et visiter l'Allemagne en août. Où que vous souhaitiez aller, cela dépend entièrement de vous.

"C'est très généreux", je réessaye, mais c'est Jamison qui m'interrompt cette fois.

« Si c'est la mode qui vous intéresse, nous pouvons vous emmener à tous les défilés de mode que vous souhaitez voir. Nous pouvons vous accompagner sur le tapis rouge lors des avant-premières de films si vous souhaitez rencontrer vos acteurs préférés. Nous pouvons vous emmener dans les coulisses de n'importe quel concert que vous souhaitez... "

" C'est très bien, " je l'interromps rapidement. " Mais vous n'avez pas compris l'essentiel. Ce n'est pas que votre offre précédente soit horrible. C'est juste comme je l'ai déjà dit. J'ai l'habitude de travailler, donc être ton jouet serait un grand changement pour moi.

Les hommes me regardent, interloqués.

« Mais si vous avez l'habitude de travailler, n'est-ce pas une raison de plus pour accepter notre offre ? » Chris demande avec un sourcil plissé. « De cette façon, vous pouvez vous reposer et être pris en charge sans avoir à lever le petit doigt. N'est-ce pas le rêve de toute femme d'être dorlotée et gâtée par les hommes avec qui elle est ?

Je me mords la lèvre, laissant échapper un soupir silencieux alors que je regarde leurs beaux visages. "Ce n'est pas si simple", je murmure

"Pourquoi pas ?" Dane fronce les sourcils et se penche en avant.

J'hésite avant d'ouvrir à nouveau la bouche. " Écoutez ", j'ignore la question. " En gros, ce que vous voulez, c'est une sorte de... jouet, si vous voulez. " ton corps sera à toi. Une fille avec qui tu peux tout faire, est-ce exact ? » Je questionne.

Ils partagent tous les trois des regards presque identiques, avec une perplexité mal dissimulée alors qu'ils hochent la tête en signe d'accord.

"Oui, d'une certaine manière", dit Chris d'un ton prudent, son visage est méfiant. dites-le en des termes si brutaux, mais... "

"Eh bien," je souris, m'arrêtant dramatiquement avant de me lever sur mon siège. "J'ai un cadeau pour vous les gars."

"Un cadeau?" Dane fait écho.

« Quel genre de cadeau ? » demande Jamison.

« Viens avec moi et je te montrerai. Je vous promets que vous l'aimerez.

Leurs expressions faciales n'ont pas de prix. Les trois hommes semblent choqués pendant quelques instants, puis des rougeurs leur montent au cou. De toute évidence, ils ont l'esprit sale et pensent que je propose quelque chose de rance et de sale, ce que je suis, jusqu'à un certain point. Je ris alors qu'ils se lèvent et hochent la tête.

"D'accord. Voyons ce que c'est », sourit Jamison.

"Ça va être bien", ajoute Chris.

"Il vaudrait mieux que ce soit", grogne Dane, son regard bleu brûlant alors qu'il parcourt mes courbes.

Je souris. « Bien sûr que ce sera le cas, messieurs. Je ne l'aurais pas fait autrement. Ne t'inquiète pas, est-ce que je t'ai déjà laissé tomber ? Je crois que non."

Ensuite, je caracole jusqu'à la sortie du restaurant, suivi par ma bande d'amants. Mais ils n'obtiennent pas ce qu'ils pensent obtenir... et c'est à moi de créer la surprise.

Chapitre 6

Mon appartement n'a rien de spécial, surtout si on le compare au penthouse du Mérovingien. C'est juste un appartement d'une chambre, une salle de bain, une petite boîte à chaussures un peu à l'écart du Strip, mais ça me suffit. Le loyer est raisonnable, c'est dans un quartier décent et je ne suis qu'une seule personne donc c'est très spacieux. De plus, j'ai décoré mon logement pour qu'il ait l'air chaleureux, ce qui me procure un sentiment de paix.

Les murs sont recouverts de tapisseries, de photos de lieux lointains et de polaroïds d'amis, ainsi que de quelques horribles peintures de moi aussi. Je n'ai jamais été doué en art, mais j'ai toujours apprécié ça parce que cela m'apporte de la joie. Même si mes créations ressemblent à l'œuvre d'un enfant de sept ans, j'en suis toujours fière et je les mets sur mes murs.

Un peu de verdure donne à mon appartement une atmosphère organique, même si la moitié des plantes sont mortes parce que je n'arrive jamais à en prendre soin correctement. Et il y a des tonnes de bougies sur toutes les surfaces parce que j'aime que ma maison sente bon. Mais à part ça, il n'y a pas grand chose d'autre ici. J'ai un canapé et un lit, une commode et un bureau, mais c'est tout pour les meubles.

Je sais que mon logement semble probablement pathétique aux yeux de Dane, Chris et Jamison, mais ils ne laissent pas entendre un mot. Au contraire, ils semblent apprécier mon décor coloré, mais ces hommes ne sont pas là pour la décoration intérieure. Ils se tournent vers moi, les yeux bleus flamboyants.

"Alors," grogne Dane en s'approchant pour enrouler ses bras autour de ma taille. Il se penche pour déposer un baiser sur mon cou, ses mains remontant sur mes côtés et sous ma chemise jusqu'à ce qu'il serre mes seins. « Qu'est-ce que tu voulais nous montrer, chérie ? Où est notre cadeau ? » questionne-t-il avec son baryton grave, et je frissonne tandis qu'il se frotte contre mes fesses. Je peux sentir sa bite raide pressée contre le cul, et ma chatte se serre alors que je fond contre lui pendant un moment avant de me rappeler pourquoi nous sommes vraiment là.

Je me tortille rapidement hors de son emprise et essaie d'ignorer la façon dont mes joues brûlent alors qu'ils me regardent tous les trois avec avidité. "Ce n'est pas ce que tu penses", dis-je d'une voix haute.

"Vraiment?" Chris penche la tête. "Vous ne nous avez pas amenés ici pour nous amuser?" il sourit.

"Non, je ne l'ai pas fait", dis-je fermement, évitant Jamison alors qu'il essaie de m'attraper par la taille. "Je reviens tout de suite!" Je leur dis avant de partir. J'entends les trois hommes se murmurer avec confusion alors que je me dirige vers ma chambre et directement vers mon placard pour récupérer mes « cadeaux » pour eux. Puis je grogne, luttant pour soulever les trois objets, et je finis par devoir moitié porter, moitié traîner les cadeaux hors de ma chambre et dans le salon.

Les gars s'arrêtent quand je réapparaît, leurs yeux s'écarquillent lorsqu'ils aperçoivent ce que j'ai avec moi. Je souris en soulevant les jouets sur le canapé avant de faire un geste grandiose.

"Tiens", dis-je en plaçant les poupées grandeur nature en position assise. «Voici votre cadeau. Ne remerciez pas trop, messieurs.

Les hommes regardent les objets inanimés. Il y a trois poupées grandeur nature, blonde, brune et rousse, et toutes les trois sont magnifiques à voir avec des traits délicats et féminins ; seins géants; taille étroite; et bien sûr, trois trous prêts à être percés par des hommes humains. Les cheveux de la poupée blonde sont un peu ébouriffés et je tends une main vers l'avant pour les lisser.

"Tamara", dit Dane avec un rire exaspéré. "Qu'est-ce que c'est que ça ?"

"Allez maintenant," je lui envoie un regard. « Je suis sûr que vous avez déjà vu ça. Ce sont des poupées sexuelles ! Exactement comme tu le voulais. Et je les ai même en blonde, brune et rousse pour que vous ayez une certaine variété. Il y en a un pour chacun de vous, vous n'avez donc même pas besoin de le partager. Comme je l'ai dit : de rien. »

Chris grogne et Jamison reste bouche bée alors qu'ils nous regardent entre moi et les poupées avec incrédulité. Un sourire amusé s'installe sur mon visage car les hommes sont clairement à court de mots.

"Tamara", dit finalement Dane après quelques secondes. "Tu sais que ce n'est pas ce que nous voulions."

"N'est-ce pas, cependant ?" Je hausse un sourcil et croise les bras sur ma poitrine. « Vous avez dit que vous vouliez pouvoir utiliser certains trous à tout moment, sans aucune répercussion. Eh bien, le voici. Vos rêves ont répondu.

"Eh bien, mais nous parlions de vos trous", balbutie Jamison d'une voix désolée alors qu'il se tourne vers Chris et Dane pour obtenir de l'aide.

"Est-ce que ça importe ?" Dis-je d'un ton archaïque. « Un trou est un trou, n'est-ce pas ? De plus, ce sont des poupées en silicone haut de gamme. Apparemment, ils se sentent comme de vrais, et cela inclut leurs parties intimes.

"Je serais généralement d'accord mais..." Dane s'interrompt avec un soupir, secouant la tête. "Tu es vraiment autre chose, Tamara, tu le sais ? Baise-moi. Qui l'aurait pensé. Là encore, pourquoi pas ?"

"Pourquoi pas ?" Chris crie pratiquement alors que ses yeux sortent de sa tête. "Tu te moques de moi, tu suggères que nous utilisons réellement ces fausses femmes, comme des putains d'Incels perdants ?"

Dane hausse les épaules.

"Ouais, pourquoi pas ? Ils sont là, alors autant leur faire un tour", dit-il avant de s'approcher de moi. Il sourit en m'attrapant par les fesses, me tirant plus près jusqu'à ce que je sois pressé. contre lui, et je halete, mes yeux s'écarquillent alors qu'il me regarde. "Tu as un grand sens de l'humour, tu le sais, Tamara ? Qui l'aurait pensé ? Trois poupées sexuelles pour trois hommes affamés."

"J'essaie seulement d'aider," je ris, lui envoyant un regard innocent. "Tu n'aimes pas ça ?"

"Eh bien, nous ne jouerons avec les poupées que si nous pouvons toujours jouer avec toi aussi", rit-il. "Et ça ?"

Je fais semblant d'y réfléchir quelques instants.

"Très bien", dis-je. "Mais je veux vous voir les gars faire le chemin avec les poupées. Pas de caresses sans enthousiasme et puis c'est fini. Je parle de circuits, et pas de premier but.

"C'est bon", grogne Dane. "Nous pouvons faire ça." Ensuite, j'ai le souffle coupé alors qu'il déchire mon mince haut en deux avant même d'avoir le temps de comprendre ce qu'il a fait. J'ai poussé un cri de surprise alors qu'il commençait à jouer avec mes seins exposés, les rebondissant et les secouant avant de se pencher pour aspirer un de mes tétons dans sa bouche.

Je rejette la tête en arrière et gémis, m'accrochant à Dane alors qu'il mord mon mamelon et fait tourner sa langue autour, mais je commence déjà à passer à la vitesse supérieure. Heureusement, il retire la bouche et se redresse.

"Oh mon Dieu," je gémis de délire. "Oooooh."

Ma chatte me palpite et je me sens faible au niveau des genoux alors que Dane me malmène, me tenant avec un bras enroulé autour de ma taille tout en tirant ma jupe le long de mes jambes avec son autre main. Puis il me soulève facilement, me transporte jusqu'au canapé et me pousse par-dessus le bras. Je suis moi-même courbée comme une poupée souple, mais je ne suis pas le seul jouet dans la pièce. Mes yeux s'écarquillent lorsque je regarde et vois Chris et Jamison rire entre eux alors qu'ils s'amusent avec deux des poupées sexuelles, se frappant les seins et écartant leurs trous pour mieux voir à l'intérieur. Je me sens de plus en plus mouillé à mesure que je les regarde, voyant à quel point les hommes sont dépravés.

"Ces choses sont devenues tellement réalistes", rit Jamison en tirant sur le téton en silicone de la poupée blonde.

"Putain ouais," grogne Chris, enfonçant sa queue dans le trou du cul serré de la rousse. "Merde, elle se sent bien sans lubrifiant."

Je veux en regarder davantage parce que Jamison a ouvert la bouche de la poupée blonde avant de fourrer son corps épais entre ses lèvres roses. Mais je n'arrive pas à me concentrer parce que Dane appuie sur le bas de mon dos, ce qui fait que mon visage est pratiquement écrasé contre le coussin du canapé.

"Je réclame ton cul", gronde Dane, et quand j'ai enfin l'occasion de respirer, je vois qu'il a déjà sorti sa queue de son pantalon. Cet énorme manche mesure neuf pouces de long et palpite d'anticipation. Mes yeux s'écarquillent et je pousse un bref cri, mais pas avant qu'il n'enfonce à nouveau mon visage dans le coussin.

Ensuite, je sens cet énorme anaconda percer mon point le plus doux et pousser un cri étouffé.

"Oh!" est mon cri. "Mmmm!"

Mes fesses sont tellement tendues que je m'évanouis momentanément, incapable de maintenir une pensée consciente. Mais ensuite je reprends mes esprits et je vois que Chris et Jamison ont abandonné leurs poupées pour rejoindre Dane pour me baiser.

"Putain, elle est magnifique", gémit Chris en regardant ma forme pulpeuse. D'une manière ou d'une autre, je suis nue dans la chambre maintenant, mes courbes exposées aux trois hommes.

"Absolument délicieux", acquiesce Jamison dans un murmure, ses yeux bleus me dévorant.

Mais ensuite Dane sourit.

« Passons aux choses sérieuses, messieurs. Il faut que cette petite pouliche soit hermétique.

Sur ce, Jamison se glisse dans le lit avec moi.

"Tu es belle, ma chérie," râle-t-il contre mes lèvres, capturant ma bouche dans un doux baiser. Puis, une fois que je le chevauche, il s'aligne immédiatement avec mon entrée, le bout humide de sa queue poussant contre mes plis glissants d'une manière qui me fait me sentir mille fois plus désespéré d'avoir quelque chose en moi. En gros, il me taquine avec son outil et je m'énerve très vite.

"S'il te plaît !" Je gémis. "Dépêchez-vous !"

"Détends-toi", rit Chris. « Tous vos trous seront bientôt bouchés. Ne t'inquiète pas, Tamara.

Ses gros mots me font pousser un gémissement nécessiteux, et quelques instants plus tard, la bite de Jamison me transperce, ma chatte s'étirant presque douloureusement autour de sa grosse circonférence. D'autres gémissements déferlent sur mes lèvres alors qu'il me remplit lentement de sa bite. Au moment où il touche le fond de moi, je respire déjà lourdement, j'ai du mal à reprendre mon souffle alors que les contours de ma vision deviennent flous. La sensation de sa grosse bite qui étire ma chatte est familière, et je me sens bien, comme si c'était pour ça que j'étais fait – pour être rempli de sa longueur impressionnante – mais c'est une sensation dont je sais que je ne m'en lasserai jamais. Ce sera toujours aussi incroyable que la première fois.

"Oh mon Dieu", je murmure encore et encore. « Si grand, si grand, je suis si rassasié ! »

"Pas encore, tu ne l'es pas", grogne Dane, et mes yeux s'écarquillent alors qu'il se place derrière moi, ses grandes mains sur ma taille. Puis sa queue se blottit entre mes fesses, frottant plusieurs fois contre mon trou du cul avant de commencer à essayer de l'enfoncer.

Mes fesses sont incroyablement serrées et je crie de protestation. Même le bout de sa queue semble trop pour moi, et je grimace, m'éloignant de lui jusqu'à ce que Dane retire mes hanches et me tienne immobile.

"Tu peux le prendre", grogne-t-il en frottant des cercles apaisants sur ma hanche et en poussant vers l'avant.

"Attends, merde, oh mon dieu !" Je crie. J'ai l'impression que ma peau est en feu alors que l'air de la pièce devient soudainement plus humide, et mon corps se raidit alors que Dane se fraye un chemin en moi, ne s'arrêtant que lorsque ses couilles se pressent contre mes fesses. Mon anus est déjà douloureux, brûlant à cause de la pénétration, et je me sens tellement plein que j'ai du mal à le supporter. Je n'ai jamais eu de bites dans la chatte et dans le cul en même temps auparavant, donc il me faudra un certain temps pour m'y habituer, mais j'adore déjà ça.

"Oui", je gémis d'un air enivrant. "Mets tes bites en moi. Utilisez mon corps pour votre plaisir. Je l'aime tellement."

Dane et Jamison laissent déjà échapper des gémissements de plaisir, et je peux dire qu'ils ont du mal à rester immobiles car ils me laissent le temps de m'adapter. Rien qu'à l'expression du visage de Jamison, je peux dire à quel point c'est incroyable pour lui, et je suis sûr que Dane porte une expression similaire. Les rendre heureux est tout ce que je veux, alors même si j'essaie encore de m'habituer à la sensation d'avoir deux bites en moi à la fois, je leur envoie un léger signe de tête pour leur faire savoir que je peux bouger.

Les hommes reprennent immédiatement le signal.

"Ah!" Je crie quand Jamison redresse ses hanches pour baiser dans ma chatte. Simultanément, Dane tire ses hanches en arrière avant de pousser à nouveau vers l'avant, et les deux parviennent à synchroniser leurs poussées, Jamison me poussant d'abord et Dane me baisant après, jusqu'à ce qu'ils me tirent et me tirent tous les deux entre leurs bites dans un mouvement de va-et-vient. rythme parfait.

Pendant ce temps, Chris, qui a apprécié le spectacle tout en se caressant lentement tout ce temps, rit en attrapant une poignée de mes cheveux, tournant la tête jusqu'à ce que je sois face à lui.

"Tu ne manques jamais de m'impressionner, Tamara. Regardez à quel point vous donnez l'impression que c'est facile, en prenant leurs deux bites à la fois », chantonne-t-il. "Tu penses que tu peux t'occuper d'un de plus ?"

Mes yeux s'écarquillent alors que j'acquiesce rapidement, ouvrant immédiatement la bouche pour accueillir sa longueur à l'intérieur. Il sourit et tapote le bout de son manche contre ma langue plusieurs fois avant de s'enfoncer complètement dans ma bouche. Je m'étouffe sur sa longueur pendant quelques instants, mais assez vite, je m'adapte à sa taille. Je ne peux pas mettre toute sa bite dans ma bouche, mais je lève la main pour caresser ce que je ne peux pas mettre et je bouge rapidement la tête d'avant en arrière, lui faisant une gorge profonde pendant qu'il jette sa tête en arrière et gémit.

"Putain", mord-il. "Merde, ta bouche fait du bien."

Je miaule de plaisir, mais pour être honnête, il n'y a pas une seule pensée dans ma tête à part faire plaisir à mes trois amants. Je suis complètement concentré sur les sensations dans mon corps alors que je continue à faire à Chris la meilleure pipe possible pendant que Dane et Jamison me martèlent la chatte et le cul assez fort pour me faire tourner la tête.

C'est écrasant d'être poussé et tiré d'une manière ou d'une autre, d'avoir trois paires de mains sur tout mon corps et trois hommes qui gémissent, m'insultent et disent des choses sales à mon sujet alors qu'ils utilisent mes courbes, mais j'adore ça. Je l'aime encore plus que je ne le pensais, et je ne comprends même pas comment je me suis contenté d'une seule bite auparavant.

"C'est comme si elle était faite pour nous", grogne Dane en me frappant à nouveau. « Son trou du cul est tout simplement parfait ! Je savais que ce serait le cas.

"Sa chatte est juteuse et humide aussi", grince Jamison. "Et elle est toujours aussi serrée partout."

"Elle sait aussi utiliser sa bouche", halète Chris. "Putain, je pense que c'est la meilleure pipe de ma vie, facilement."

Entendre leurs éloges ne fait que me rendre encore plus excité, et je ne réalise pas à quel point je suis proche jusqu'à ce qu'il y ait soudain une forte secousse de plaisir qui voyage dans mon estomac, mes yeux roulant à l'arrière de ma tête tandis que ma chatte se serre autour de la bite de Jamison. Ma bouche s'ouvre lorsque j'arrive avec un cri silencieux, et Chris prend sur lui de commencer à me baiser violemment alors que Dane et Jamison accélèrent leurs poussées et me forent encore plus fort.

"Oh!" Je crie. "Oh mon Dieu!"

Je suis transporté dans une autre dimension alors que mon orgasme dure ce qui semble être une éternité. Ma chatte a des spasmes, crémant autour de la bite de Jamison alors que je gémis de manière incontrôlable et que je bave autour de la bite de Chris. Mon trou du cul a également des spasmes, et je ne vois rien d'autre qu'une lumière blanche et brillante alors que les trois hommes continuent de me baiser à travers d'énormes vagues de plaisir. Mais je suis à peine conscient de tout ce qui se passe autour de moi jusqu'à ce que je sente soudain Dane souffler sa charge dans mon cul tandis que le sperme chaud de Chris jaillit au fond de ma gorge, me forçant à avaler. Jamison n'est pas loin derrière, entrant dans ma chatte avec un faible gémissement alors qu'il enroule ses bras autour de ma taille, me serrant si fort que ça me fait mal.

"Putain !" il maudit. "Oh merde !"

La pièce est remplie d'un mélange de gémissements, de gémissements et de sons obscènes de gifles humides. Dane et Jamison continuent de bouger lentement, se balançant vers moi alors qu'ils baisent leur semence plus profondément dans mon corps. Pendant ce temps, Chris se retire complètement de ma bouche alors même que je gémis et essaie de garder mes lèvres enroulées autour de lui. Un mélange enivrant de bave et de sperme coule sur mon menton, mais je m'en fiche car c'est pour cela que je suis né. Je veux leur faire plaisir, et quand je sens que Dane commence à se retirer de moi, j'ai failli faire une crise.

"Non !" Je gémis. "Rester !"

"Ne t'inquiète pas, bébé, nous n'en avons pas encore fini avec toi", rit Dane en me frottant le dos. « Nous voulons juste changer de trou. Je veux ensuite dans ta bouche.

"Je suis dans son cul", grogne Jamison.

"Chatte pour moi", sourit Chris. «Ça va être humide et bâclé, mais peu importe. Ce sera bien.

Un sourire ravi apparaît sur mon visage car je réalise maintenant que mes amants sont insatiables... et nous ne faisons que commencer.

Chapitre 7

TAMARA

« Je suppose que nous avons beaucoup de temps à rattraper si vous appelez pour une réunion d'urgence autour d'un café », sourit Stasia en soufflant sur son café avant de porter sa tasse à ses lèvres. "Poursuivre. Dévoilez tous les derniers détails, petite amie ! Dites-moi comment les choses se passent entre vous et vos trois amants de la salle des gros joueurs, car je suis tout ouïe.

Je soupire en faisant le tour du Sunshine Café. Peut-être qu'il aurait été préférable d'inviter Stasia chez moi pour parler de Jamison, Chris et Dane, car ce n'est pas exactement une conversation PG. Mais je voulais un changement de décor et l'ambiance réconfortante qui accompagne une visite dans mon café préféré, alors nous y sommes. En plus, je ne peux pas m'asseoir dans mon appartement sans avoir des flashbacks de toutes les choses absolument sales que mes hommes m'ont fait là-dedans. Je le jure, ils m'ont emmené sur toutes les surfaces planes possibles, y compris le sol de la cuisine, le mur de la cabine de douche de la salle de bain et ma planche à repasser, qui était calée dans un coin de ma chambre. Oh oui, c'était incroyable, mais j'ai encore quelques doutes.

«Les choses ont complètement déraillé», dis-je à Stasia, avec une exaspération confuse s'insinuant dans ma voix. «Hier, Chris, Jamison et Dane sont venus chez moi et nous nous sommes embrassés. Comme en même temps.

Stasia me lance un drôle de regard.

"D'accord, tu veux dire que tu étais avec un homme, pendant que les deux autres regardaient ?"

Je secoue lentement la tête.

"Non. Je les ai tous pris d'un coup," murmurai-je dans ma barbe. "Ils étaient arrivés en même temps."

Stasia crie presque, mais je la fais taire rapidement avant de jeter un coup d'œil autour de moi pour m'assurer que les autres personnes à l'intérieur du café ne nous regardent pas. Heureusement, personne ne semblait remarquer son éclat.

« Les trois en même temps ? » » crie-t-elle, toujours à peine capable de contenir son excitation. « Wow, je ne sais même pas si je pourrais faire ça ! Je veux dire, trois bites, c'est beaucoup à gérer pour n'importe qui.

J'acquiesce.

« Ouais, mais ce n'est même pas de ça dont je veux te parler. Bien sûr, je te donnerai tous les détails crasseux plus tard, mais... je ne sais pas, Stas. Je suis en conflit.

Elle glousse de la langue.

"Bien sûr. N'importe quelle femme serait en conflit. Je veux dire, comment vas-tu aujourd'hui ? Vous devez avoir tellement mal partout.

Je lève les yeux au ciel.

"Non pas ça. Le sexe est incroyable et je peux le gérer, croyez-moi. C'est juste que... eh bien, Chris, Dane et Jamison m'ont fait une offre, et je ne sais pas quoi faire.

Ma copine fronce le nez.

"Quelle offre?"

Je baisse à nouveau la voix.

« Offre sale. Super incroyablement sale, exagérément sale.

"Oh vraiment?" » murmure Stasia en fronçant les sourcils. « Comme... à propos de quoi ? »

Je soupire.

«Ils veulent essentiellement que j'agisse comme leur call-girl personnelle à la demande. Ils veulent pouvoir utiliser mon corps pour leur plaisir à tout moment et en échange, ils paieront toutes mes dépenses. Je vivrais gratuitement dans un penthouse de l'hôtel Mérovingien, je ferais des tonnes de voyages et je toucherais même un salaire.

Stasia me regarde.

"Combien?"

Je hausse les épaules.

« Ils ont parlé de vingt mille par semaine, mais je suis sûr que je pourrais leur parler si je le voulais. Ces hommes sont extrêmement riches, Stas, et je suis sûr qu'ils peuvent se permettre davantage.

La mâchoire de mon copain est au sol.

"Ouah. Juste wow. S'il vous plaît, dites-moi que vous avez dit oui.

"Non," je secoue la tête. « Je ne l'ai pas fait. Je l'ai refusé.

"Quoi?" elle crie à nouveau, rougissant lorsque quelques têtes se tournent vers nous cette fois. Elle adresse un sourire penaud aux étrangers à l'air confus avant de cacher son visage avec sa main et de se retourner vers moi. "Mais pourquoi? Pourquoi refuseriez-vous quelque chose comme ça ?! Vous les baisez déjà, alors autant être indemnisé pour cela.

Je secoue la tête en poussant un autre soupir. « Croyez-moi, je sais que c'est une bonne affaire, et honnêtement, cela ressemble à un rêve. Mais

mais?" Stasia penche la tête.

"C'est juste que... eh bien, d'accord, je vais te dire quelque chose que je n'ai jamais dit à personne auparavant."

"Je suis toute ouïe", mon amie se penche en avant, les yeux écarquillés en attendant d'entendre ce que je vais dire. "Crois-moi, je t'écoute parce que je ne peux pas imaginer pourquoi tu refuserais cette offre, Tam. Je veux dire, sérieusement. Toutes ces histoires de libération des femmes, c'est de la connerie alors que l'offre est aussi bonne.

Je fais une pause, me sentant en conflit.

"Ouais, je sais, parce que je pourrais juste être leur jouet pendant un petit moment, n'est-ce pas ?"

Stasia hoche la tête, ses boucles brunes flottant.

"Exactement. Faites-le pendant trois mois, récupérez des milliards de dollars, puis arrêtez. Pourquoi pas? Je suis sûr que vous pourrez trouver un autre emploi par la suite. Même le Corinthien vous reprendrait probablement.

J'acquiesce, me sentant soudain fatigué.

« C'est juste que je veux travailler. Vous voyez, ma mère était une pute à l'époque. Quand je grandissais, je veux dire. Ellen a été forcée de rejoindre la vie parce que mon père n'était jamais là pour nous soutenir. En fait, je ne suis même pas sûre que ma mère sache qui est mon père à cause de son style de vie promiscuité. Donc, en gros, il pourrait être n'importe qui.

"Oh," murmure Stasia en hochant la tête. "Alors c'est un client ?"

Je hausse les épaules.

"Ouais, c'est possible," j'acquiesce. « C'est scandaleux, mais mon père biologique pourrait être un client anonyme que ma mère recevait à l'époque. Qui sait."

"Wow", dit Stasia. "C'est fou."

J'acquiesce.

« Mais c'est triste parce que même si Ellen a couché avec beaucoup d'hommes pour gagner de l'argent, j'ai quand même grandi dans la pauvreté. C'était pénible de voir ma mère travailler jusqu'aux os comme ça, et je me suis toujours dit que j'emprunterais un chemin différent. Je ne voulais pas ressembler à elle, mais honnêtement, c'est là que va ma vie.

Stasia me regarde.

"Vraiment? Pourquoi pensez-vous cela?"

Je hausse les épaules.

« Parce que je vis déjà sa vie ! En gros, Chris, Jamison et Dane veulent que je sois leur jouet personnel. Ils veulent un contrôle total sur moi, depuis l'endroit où je vis, ce que je mange, ce que je porte, avec qui je couche et comment je passe mon temps. Tout. Je serais totalement et complètement dépendante de Chris, Jamison et Dane, tout comme ma mère était totalement et complètement dépendante des clients avec qui elle couchait. Et je ne veux pas de ça. Je ne veux pas que ma vie dépende de quelqu'un d'autre. Je ne veux pas me retrouver sans rien s'ils décident de me quitter parce que je n'avais rien à moi. C'est pourquoi j'ai des problèmes.

"Ah ha," Stasia hoche la tête en m'envoyant un regard compatissant. "D'accord, cela a plus de sens parce que oui, je peux voir comment tu veux éviter les erreurs de ta mère."

J'acquiesce.

«Personne ne devrait vivre la vie que ma mère a vécue», dis-je à voix basse. "Et ce n'est certainement pas une façon d'élever un enfant."

Stasia me lance un regard curieux.

« Est-ce que tu parles parfois à ta mère de ses choix ?

Je soupire en secouant la tête.

« Non, parce qu'Ellen est actuellement dans une maison de retraite et elle souffre de démence. Quand je lui rends visite, parfois elle me reconnaît, parfois non. C'est pratiquement impossible de parler de quoi que ce soit avec elle ces jours-ci.

Stasia hoche la tête, l'air pensif.

"Mais Ellen voyait-elle les mêmes types d'hommes que vous?"

Je secoue la tête.

"Non. C'était le pire type de pute. Un prostitué. Elle était là-bas en pleine nuit, essayant de vendre son corps en utilisant des talons hauts et une robe de salope. C'était fou.

"D'accord, donc ses clients n'étaient pas milliardaires", commente Stasia.

"Définitivement pas. C'est celui qui conduisait dans la rue et qui l'a vue montrer ses marchandises. C'était dangereux comme l'enfer.

Stasia hoche la tête.

« Bien, alors Ellen gagnait beaucoup moins d'argent que ce que vous gagneriez et vivait une vie difficile. On dirait qu'elle existait définitivement au jour le jour. En revanche, vous êtes dans une situation complètement différente, avec des choix différents. Si tu couchais avec Chris, Jamison et Dane pendant trois mois, tu serais riche. Vous pourriez mettre cet argent dans un fonds pour les mauvais jours, ou l'utiliser pour aller à l'université... »

« L'université ? Je demande en haussant un sourcil. "Cela n'arrive pas!"

Stasia rit.

"D'accord, peut-être pas à l'université alors. Mais ce que je dis, c'est que tu ne seras pas impuissante comme l'était ta mère, Tam. En fait, c'est le contraire. Vous êtes une femme forte qui fait de bons choix. Vous prenez soin de vous. Vous gagnerez beaucoup d'argent que vous pourrez mettre de côté pour les jours de pluie, afin de ne jamais être laissé au sec par qui que ce soit.

«Je suppose que je n'y pensais pas de cette façon auparavant», je reconnais. "Ma situation est un peu différente de celle de ma mère."

"Bien", Stasia acquiesce rapidement. « C'est définitivement le cas. Et même si Chris, Dane et Jamison te paieront, je ne pense toujours pas que tu serais comme une prostituée. Je veux dire, tu les aimes et évidemment, ils t'aiment vraiment aussi. Vous vous battez déjà contre des gens laids sans que cela implique de l'argent, donc l'argent ne serait qu'un bonus supplémentaire.

« Cogner des laids ? » Je ris. "Oh mon dieu, c'est tellement ridicule."

"C'est vrai", reconnaît Stasia avant de devenir sombre. "Mais je suis sérieux, Tam. Pourquoi ne pas être payé au lieu de diffuser gratuitement ? S'ils proposent, alors c'est logique.

J'acquiesce lentement.

"Je suppose que oui", dis-je. "Pourtant, c'est tellement transactionnel."

Mon ami lève alors les deux mains avec exaspération.

« Tout est transactionnel, Tam. C'est Vegas ! C'est la vie! Même les maris et les femmes entretiennent une relation transactionnelle.

"C'est vrai," je murmure alors que mon esprit se retourne. «D'accord, je vais y réfléchir. De toute façon, quand es-tu devenu si intelligent ?

Stasia me fait un clin d'œil tout en buvant une gorgée de son café.

« J'ai toujours été intelligente dans la rue », dit-elle en haussant les épaules. "Ma sagesse est parfois cachée par mon extérieur maladroit."

"Bien", je la taquine, et elle lève les yeux au ciel en me repoussant. Mais ensuite mon copain redevient sérieux.

"Maintenant, écoutez pendant que je vous transmets un peu plus de ma sagesse", dit-elle. «Je pense vraiment que vous devriez être honnête avec Chris, Dane et Jamison sur ce que vous ressentez. Vos trois amants ont besoin de connaître vos blocages afin de vous aider à les surmonter, et je suis sûr qu'ils aimeraient savoir si quelque chose vous dérange.

«Je ne sais pas», je hésite. "Nous n'avons pas ce genre de relation."

Stasia fronça les sourcils.

"Ne sois pas stupide, Tams," déclare-t-elle sévèrement. « Une communication ouverte est indispensable dans toute relation si vous voulez que les choses s'arrangent ! Vous devriez parler à vos trois amants de votre passé et pourquoi vous pensez comme vous pensez. Ils comprendront, et s'ils ne le font pas, alors foutez-les ! Je veux dire métaphoriquement, pas littéralement. Ce serait mauvais. Ou est-ce que ce serait bien ?"

"Je comprends ce que tu veux dire", dis-je en roulant des yeux. "Merci, Stas. Vraiment, cette conversation m'a beaucoup aidé et je pense que tu as raison. Je vais réfléchir à certaines choses. Bon sang, peut-être que je parlerai même de mes hésitations avec Chris, Jamison et Dane.

Ma jolie amie sourit.

"Ce n'est pas un problème, Tams. Tu sais ce qu'on dit : un esprit ouvert mène à un cœur libre, n'est-ce pas ? »

Je ris simplement parce que je n'ai jamais entendu parler du slogan « esprit ouvert et cœur libre » auparavant. Mais Stasia a raison. Dois-je parler de mon passé à mes amants, mais cela touche au nœud du problème : peut-être qu'ils le font. Je ne suis pas intéressé par mon passé. Après tout, si je ne suis qu'un partenaire pour les trois hommes, alors pourquoi voudraient-ils regarder plus profondément ? Pourquoi voudraient-ils en savoir plus ? Je sirote mon café une fois de plus ? mes pensées tourbillonnent sur ce qu'il faut faire... sans réponse claire.

Chapitre 8

TAMARA

« Non merci, ça va », je murmure alors que Chris essaie de me tendre un verre de vin. Je suis de nouveau assis sur le grand canapé. Le penthouse, coincé entre Dane et Chris alors que Jamison s'assoit en face de nous.

Après tout, j'ai décidé de suivre les conseils de Stasia, j'ai réfléchi à ses paroles, mais j'ai ensuite pris une décision, rempli de feu, j'ai appelé Dane et lui ai dit. Je voulais parler.

« De quoi ? » demanda-t-il d'un ton amusé. « Est-ce que ça a quelque chose à voir avec ces poupées ?

"Non," dis-je d'un ton triste. "Mais tu dois venir les chercher un jour. Je ne peux pas les laisser tous les trois se prélasser dans mon salon comme s'ils vivaient avec moi, sinon quelqu'un va appeler le. flics !

Dane a ri et a dit qu'il s'en occuperait. Bientôt, un camion est arrivé pour transporter les poupées, et pour être honnête, je n'ai aucune idée de l'endroit où elles se trouvent maintenant. Elles ne sont certainement pas dans le penthouse du Merovingian. d'après ce que je peux voir.

Mais maintenant, je me tourne vers Chris, Dane et Jamison, mon expression sérieuse.

"Merci de m'avoir invité", je commence.

"Bien sûr," dit Chris d'une voix traînante. "C'est toujours un plaisir, chérie. »

"Tu nous manques", ajoute Jamison avec un sourire narquois. "Nous t'avons manqué ?"

Je lève les yeux au ciel.

"Cela ne fait que vingt-quatre heures que je ne t'ai pas vu!" Je fais semblant de souffler. "Vous êtes fous, les gars."

Jamison sourit.

"D'accord, d'accord. Nous comprenons. Plus de taquineries parce que tu veux une" conversation sérieuse. De quoi vouliez-vous discuter ? »

demande-t-il en essayant d'avoir l'air sombre. « Nous sommes tout ouïe.
J'inspire profondément pour calmer mes nerfs et me racle la gorge avant
de commencer.

"Eh bien, hier, c'était incroyable et j'ai vraiment apprécié d'être avec
vous les gars. J'ai aimé... » Je rougis et me mords la lèvre en y repensant.
Like est un euphémisme. J'ai adoré tout ce qui s'est passé entre nous hier.
«J'ai adoré me sentir comme si j'étais à toi. J'ai adoré que vous utilisiez
mes courbes pour votre propre plaisir. Et j'y ai pensé comme un aperçu
de ce que les choses pourraient être si j'acceptais votre offre... »

En vérité, j'apprécierais d'appartenir à Chris, Dane et Jamison. Je me
sens plus en sécurité quand je suis avec eux et plus heureuse quand je leur
fais plaisir, et je sais que je suis plus que chanceuse d'avoir l'attention de
trois hommes magnifiques concentrée sur moi. C'est un total de 180 car
avant de rencontrer mes amants, je n'avais pas envie de m'installer. Mais
maintenant, j'envisage une relation, même si elle n'est que temporaire.

"Oh?" Chris d'une voix traînante alors qu'il se rapproche de moi.
"Alors tu vas accepter notre offre?"

J'hésite quelques instants avant de secouer la tête. « Non, je pense
que c'est hors de question pour moi. Ce n'est pas l'offre elle-même qui
pose problème car elle est vraiment généreuse. Mais je ne peux pas
l'accepter, et je n'ai pas été tout à fait honnête lorsque j'ai dit que c'était
parce que j'avais l'habitude de travailler pour gagner ma vie.

"Vraiment? Alors, quel est le problème ? » Dane questionne
calmement, son beau visage sombre. Je soupire en les regardant tous les
trois. Les hommes répliquent avec des regards patients et des sourires
rassurants, alors je continue.

«Eh bien, je suppose que j'ai une histoire personnelle qui rend cela
difficile à accepter. Vous voyez, ma mère était une prostituée », je finis
par admettre. Un poids s'enlève de ma poitrine et je sens que je peux
mieux respirer. "Oui c'est vrai. Ma mère a utilisé des astuces pendant des
décennies pour nous soutenir, ce qui était humiliant et humiliant à plus
d'un titre. En fait, mon père était un client anonyme, donc on pourrait

dire que je suis le produit de sa co-dépendance à l'égard des hommes. Ce n'était pas seulement le sexe non plus. C'était le fardeau émotionnel et financier qu'exigeait le travail de call-girl.

« Tamara, nous n'avions aucune idée... » commence Chris.

"Parce que je ne te l'ai pas dit," je l'interromps. « Et j'en suis désolé. J'aurais probablement dû être honnête sur les raisons pour lesquelles l'offre ne me convenait pas dès le début, mais ma vie personnelle n'est pas quelque chose dont je parle souvent. Qui serait? Peu de gens veulent que le monde sache que leur mère était une pute et leur père un client.

Dane me fixe d'un regard, son regard bleu pénétrant.

« Mais tu sais que ça ne nous intéresse pas, Tamara. Nous ne nous soucions pas de savoir d'où vous venez ou qui sont vos parents. Ce n'est pas important pour nous parce que vous pourriez venir de Mars et nous voudrions quand même vous voir.

"Je sais," dis-je d'une voix plus douce, "et je vous en remercie, les gars. C'est juste qu'après avoir vu comment les choses se sont passées pour ma mère, je ne suis pas prêt à prendre les mêmes risques et à me retrouver dans la même situation qu'elle. Je ne veux pas compter sur les hommes pour prendre soin de moi. , et j'espère que vous comprendrez pourquoi. Je suis désolé."

"Tu n'as aucune raison d'être désolé," Jamison secoue la tête. "Si nous l'avions su, nous n'aurions jamais abordé cette offre car, évidemment, c'est inconfortable pour vous."

"Oui", Dane hoche la tête, attrapant ma main et la serrant. « Et en plus, nous avons réfléchi et nous en avons discuté aussi, Tamara. Êtes-vous prêt à entendre notre conclusion ?

Je les regarde.

"Attendez, l'offre n'est plus sur la table ?"

Dane rit, un sourire éclatant sur son beau visage.

«Eh bien, je n'ai pas dit ça exactement. Je dis simplement que nous avons eu une conversation tous les trois et que nous sommes parvenus nous-mêmes à certaines conclusions.

"Qui sont?" Je demande d'une voix lente, mon cœur se remplissant d'effroi. Oh non, est-ce que quelque chose de terrible est sur le point d'être révélé ? Le sang commence à couler dans mes veines et mon estomac s'enfonce jusqu'à mes pieds alors que j'attends d'entendre.

Mais les trois hommes sourient alors, suscitant mes espoirs, tandis que Dane parle :

« Nous avons réalisé que notre offre était humiliante parce que, comme vous l'avez souligné, nous vous demandions essentiellement d'être notre jouet sexuel personnel. Une poupée sexuelle de garde et à domicile à utiliser comme bon nous semble, à toute heure du jour ou de la nuit. Tu l'as frappé sur le nez, chérie, quand tu nous as présenté ces trois poupées en silicone.

« Les avez-vous toujours ? » Je demande en regardant autour du penthouse.

Chris rit, ses yeux bleus brillants.

"Bien sûr, nous faisons. Nous ne laissons pas les dames dehors dans le salon parce que nous ne voulons pas effrayer le personnel de ménage. Puis, son ton devient sérieux. "De toute façon, c'était complètement dégradant de te demander ça, et si nous voulions quelque chose comme ça, nous aurions dû simplement sortir et nous acheter des poupées sexuelles comme vous l'avez fait."

«Je vois», dis-je d'un ton lent. "Qu'est-ce-qu'on fait maintenant? Il semble que l'offre ait été annulée, même si vous dites que ce n'est pas le cas.

Les hommes échangent un regard et acquiescent.

"Eh bien, nous avons réalisé que nous voulons bien plus que la satisfaction physique", commence Chris.

"Vraiment?" Je demande avec surprise. "Je pensais que la satisfaction physique était le but même de l'accord."

Mes amants ont la grâce d'avoir honte.

"C'était quand nous avons commencé", reconnaît Chris.

"Mais les choses ont changé", ajoute Dane. "Comme je l'ai mentionné, nous avons parlé de certaines choses et avons réalisé qu'il y avait eu un changement radical dans ce que nous voulions."

Je les regarde, le cœur battant.

"Et c'est...?"

Les hommes échangent un autre regard et Jamison prend une profonde inspiration avant de parler.

"Eh bien, nous envisageons d'attacher une composante émotionnelle à l'arrangement", commence-t-il prudemment.

"Quoi ?" Je demande, totalement abasourdi. "Est-ce que tu plaisantes ?"

Jamison secoue sa tête sombre.

« Non, nous ne le sommes pas en fait. Nous sommes totalement sérieux.

"Mais comment ? Pourquoi ?" Je bafouille, complètement surpris par cette nouvelle évolution.

Jamison prend une autre profonde inspiration.

« Au début, j'avoue que lorsque le sujet a été abordé, nous avons été tout aussi surpris que vous. J'irais jusqu'à dire que nous étions complètement abasourdis, Tamara, parce que nous les avons toujours aimés et laissés-les des connards qui ne cherchaient que le spectre de la satisfaction physique. Mais après avoir sorti les poupées, nous avons réalisé que tu es quelque chose de spécial, Tamara. Vous l'appelez comme vous le voyez et n'avez pas peur d'exprimer de fortes convictions. Vous êtes impertinent, fougueux et pouvez tenir tête à trois mâles alpha, ce qui est rare », grogne-t-il.

"Et précieux", ajoute Chris d'un ton passionné, ses yeux bleus flamboyants alors qu'ils observent mes courbes. « Nous sommes captivés par ta beauté, Tam, mais il n'y a pas que ça. Nous aimons votre indépendance, avec un feu sous vos fesses. Nous aimons la façon dont vous nous répondez, avec une bouche sale et des blagues drôles dans la même phrase. Nous voulons donc essayer le vrai », dit-il d'un ton léger. "Pourriez-vous être intéressé?"

Ma mâchoire est pratiquement au sol et je ne sais pas quoi dire parce que j'ai été pris au dépourvu. Honnêtement, je m'attendais à ce que nous nous séparions après aujourd'hui parce que je ne pensais pas que Chris, Jamison et Dane voudraient avoir quelque chose à faire avec moi si je refusais leur offre. Soyons réalistes : ce sont des hommes autoritaires qui n'ont pas l'habitude d'entendre le mot « non », et mon refus serait le dernier clou dans le cercueil. Tout au plus, ils me mettaient de l'argent dans la main, puis me tapotaient les fesses avec un « merci chérie » avant de me fermer la porte au nez.

Mais c'est la dernière chose à laquelle je m'attendais. Ce n'est pas pour autant que je m'en plains ! Après tout, une relation avec les trois hommes les plus convaincants que j'ai jamais rencontrés ressemble au paradis. Ce serait une question compliquée, mais pas compliquée non plus, si cela a du sens. Nous sommes déjà arrivés jusqu'ici, donc je suis sûr que nous pourrions imaginer les rebondissements à venir. Dane semble lire dans mes pensées et me lance un sourire en coin.

"Une relation à quatre serait quelque chose de nouveau pour nous", reconnaît l'homme immense. « Nous avons déjà partagé des femmes, mais uniquement pour répondre à nos besoins physiques. En revanche, explorer une relation réelle avec une seule femme serait une nouveauté, donc les choses peuvent être un peu difficiles au début et nous ferons des erreurs. Mais c'est quelque chose que nous sommes plus que disposés à essayer si vous l'êtes. Nous te voulons, Tamara, et nous ferons tout ce qu'il faut pour t'avoir. Et je peux vous promettre que nous ferons de notre mieux pour vous rendre heureux et pour bien vous traiter également. Si vous nous en donnez l'occasion, bien sûr.

Il finit de parler et le silence est fort dans mes oreilles, mais j'attends de répondre car ce n'est pas quelque chose qui arrive tous les jours. Je prends mon temps pour rassembler mes pensées parce que je ne veux pas tout gâcher. Et puis, qu'est-ce que j'ai à perdre ? J'admire tellement les trois hommes, et pour différentes raisons aussi.

Dane a la tête froide et respire la domination à chaque mot qu'il prononce, à chaque pas qu'il fait et à chaque mouvement qu'il fait. Quand il est là, je me sens en sécurité et pris en charge. Je sais que je n'aurai à m'inquiéter de rien au monde car il sera toujours là pour s'en occuper.

Pendant ce temps, Chris est le meilleur type de personne à côtoyer. Son sens de l'humour est incroyable et il me fait toujours rire. Mais il est aussi incroyablement intelligent et sait écouter. J'ai l'impression que je peux lui parler de tout et de rien sans avoir à me soucier d'aucun jugement, et il semble toujours trouver un moyen de transformer le négatif en positif.

Enfin, Jamison me rend complètement fou de la meilleure façon possible. Il est aussi sale d'esprit que moi, ce qui est génial car il sait comment prendre soin de moi dans la chambre, mais il sait aussi comment me remettre à ma place chaque fois que je dépasse les bornes. Il est patient avec moi mais ferme, et il sait toujours quoi dire ou faire dans une situation donnée.

Fondamentalement, ces hommes sont incroyables en eux-mêmes, mais ensemble, le mélange est irrésistible. Ajoutez à cela une apparence incroyablement belle ; attirance physique insensée; ainsi que le fait qu'ils sont énormes là-bas, et ces hommes tout ce que je veux et dont j'ai besoin. Mais je dois quand même en être sûr.

« Donc, il ne s'agit pas seulement de satisfaire vos besoins physiques ? » Je réitère. « C'est un lien émotionnel ? »

Trois têtes sombres hochent la tête en me regardant avec des yeux sérieux.

« Absolument », souligne Dane. "Nous vous voulons physiquement, bien sûr, mais il s'agit plutôt de passer un bon moment au lit. Nous voulons tout de toi, Tamara. Cela inclut votre corps, mais aussi votre cerveau, votre intelligence, votre esprit et votre charme.

«Nous voulons tout», déclare Jamison.

"Tout ce que tu as à donner, chérie", ajoute Chris d'un ton grave de baryton. "Nous voulons vous connaître de fond en comble."

D'accord, c'est beaucoup. Je ne suis pas sûr de connaître quelqu'un de fond en comble, car une fille doit avoir des secrets, n'est-ce pas ? Mais je prends une profonde inspiration avant d'adresser aux trois hommes un sourire éclatant.

"D'accord, je pense que je vais le faire."

Les hommes expirent, toujours en me regardant.

"Vous serez?"

"Oui", dis-je d'un ton ferme. « C'est une opportunité incroyable et je ne veux pas la manquer parce que je suis un lâche. De plus, vous avez fait preuve d'adaptabilité parce que j'ai exprimé mes inquiétudes et vous avez répondu. Non seulement cela, mais je vous ai parlé de ma terrible histoire familiale, et vous n'avez pas été choqués, offensés ou repoussés. En fait, tu as dit que tu me prendrais tel que je suis. Que peut demander d'autre une fille ?

Je ne réalise même pas que je pleure jusqu'à ce que Dane me tire à ses côtés, essuyant mes larmes avec son pouce avant de se pencher pour déposer un long baiser sur mes lèvres. Je m'y fond facilement, me sentant en sécurité alors que je suis enveloppé dans ses bras et avec sa bouche sur la mienne, sa langue commençant tout juste à glisser dans ma bouche, quand il s'éloigne soudainement.

Jamison prend sa place ensuite, m'attirant immédiatement pour un baiser passionné, et je gémis alors que sa langue écarte mes lèvres et s'emmêle avec les miennes. Notre baiser est un peu plus rude que celui que j'ai partagé avec son ami, mais il est tout aussi rempli d'affection tendre.

Puis ma tête tourne alors que je m'éloigne de Jamison et Chris tourne mon menton pour lui faire face, sa langue s'emboîtant facilement dans la mienne. Nos lèvres glissent ensemble en synchronisation et nous nous dévorons avidement jusqu'à ce que Dane s'éclaircisse la gorge.

« Il est temps de partager », râle-t-il.

Je me retourne pour le regarder avec un sourire.

"Tu veux dire que vous partagerez tous les trois mes courbes ?"

Ses yeux bleus brillent.

"Oui, absolument, chérie. De plus, Blondie, Chestnut et Ginger nous attendent dans la chambre, donc je suppose qu'on pourrait dire que nous transformons cette récréation en six. Est-ce que c'est un mot? Six personnes ? Ou serait-ce un sextuplé ? »

Je ris de rire parce que ces hommes ont un sens de l'humour qui me chatouille exactement comme il faut.

« Hé, je ne savais pas que j'aurais de la concurrence ! » Je me moque de me plaindre. "Quand je t'ai acheté ces poupées, c'était censé n'être qu'une cascade. Maintenant, ils s'immiscent dans notre vie sexuelle !

Les trois hommes me soulèvent simplement dans leurs bras avant de me transporter vers la suite principale.

"En parlant de vie sexuelle..." commence Dane.

"Nous adorons la vie sexuelle que nous avons avec vous", râle Chris, ses yeux bleus affamés alors qu'ils parcourent mes courbes.

« En plus, il n'y a pas de compétition pour toi, Tamara. Jamais », jure Jamison.

Ensuite, le feu d'artifice commence alors que je suis jeté sans ménagement sur le matelas. Effectivement, les trois poupées sexuelles sont dans la pièce, les yeux écarquillés et la bouche ouverte, avec leurs courbes luisantes. Mais je ne suis pas intimidé, car qu'est-ce que Blondie, Chestnut et Ginger ont sur moi ? Ce ne sont que des poupées en silicone sans personnalité, alors que mes amants ont clairement indiqué qu'ils voulaient une fille avec du cœur, de l'intelligence, de l'intelligence, du charme et de l'esprit... et je ferai de mon mieux pour y parvenir, peu importe à quel point nos vies deviennent folles.

ÉPILOGUE

DANE

Six mois plus tard.

"Tu ne penses pas que tu es un peu ridicule ?" Tamara rit quand je la prends dans mes bras. « Le penthouse est grand, oui, mais il n'est pas si grand. Je suis parfaitement capable de marcher toute seule de la chambre au salon.

Je fronce les sourcils devant sa forme courbée.

"Oui, mais ton médecin t'a dit de te reposer autant que possible", lui rappelle-je en lui envoyant un regard sévère. « Pourquoi devriez-vous marcher si vous n'y êtes pas obligé ? Je suis parfaitement capable de te transporter dans notre appartement, » je grogne. Ma belle petite amie se contente de secouer la tête.

« Je suis trop lourd pour que tu puisses le soulever tout le temps. Mon Dieu, je pèse plus de deux cents livres maintenant ! »

J'acquiesce, content.

«Cela représente deux cents livres de poids de bébé, et c'est le poids le plus sexy que j'ai jamais vu. En fait, j'ai hâte de te voir devenir encore plus grande, ma chérie. Prenez encore trente kilos et vous serez une déesse parfaite, enceinte et irrésistible.

Tamara rit tandis que je la pose doucement sur le canapé du salon. Ensuite, je me penche pour lui donner un bisou sur les lèvres avant de m'asseoir à ses pieds et de les mettre sur mes genoux. La jolie brune pousse un soupir de contentement alors que je commence à lui masser les pieds, ses cils tombant en demi-cercles parfaits sur ses joues rondes. Après tout, même si notre petite amie vient de se réveiller de sa sieste il y a environ une heure, elle a visiblement encore sommeil. Je ne lui en veux pas non plus car je sais que la grossesse est rude pour le corps. Tamara doit être épuisée, surtout après nous avoir divertis tous les trois hier soir.

Après tout, nous n'avons pas donné de répit à notre douce fille au cours des deux derniers mois. Même si elle attend notre enfant, Chris,

Jamison et moi sommes des salauds affamés qui baisent régulièrement Tamara dans tous les sens, se délectant de la nouvelle physicalité de son corps de femme enceinte. Sa chatte semble plus serrée, et ces gros seins se balancent et parfois même jettent un peu de lait quand on se salit.

"Oh mon Dieu!" elle a crié la dernière fois que c'est arrivé. Mais Jamison n'a même pas levé la bouche de son sein gauche. Au lieu de cela, il suça plus fort, aspirant le lait dans sa bouche tout en avalant avidement.

"Tu sais que nous aimons quand tu allaites", râla Chris avant de laper le filet chaud sur sa mésange droite. Puis il se pencha pour prendre son autre téton dans sa bouche. Lui aussi s'est mis à téter avidement, et j'en ai profité pour me mettre également au travail. Après tout, nous ne voulons pas que notre douce fille soit gênée par l'une de ses fonctions corporelles. En conséquence, je me suis installé entre les cuisses de Tamara pendant que mes amis tétaient ses seins, écartant ses jambes avant d'aller en ville sur sa chatte.

"Oooh!" a-t-elle crié en s'allongeant alors que nous l'adorions dans tous ses endroits les plus doux. "Bonté!"

"C'est vrai", ai-je râlé avant de lever les yeux avec une lueur diabolique dans mes yeux bleus. "N'aie jamais peur de partager quoi que ce soit sur ton corps avec nous, chérie, même si tu penses que c'est embarrassant. Ce n'est pas gênant pour nous. Nous voulons tout savoir sur ces courbes, et nous savourerons chaque centimètre carré de votre corps excité et enceinte, quoi qu'il arrive.

Tamara haleta à nouveau, couinant alors que je mordais légèrement son clitoris. Mais j'ai eu ma réponse en quelques instants car elle est venue à ce moment-là, le jus de chatte chaud jaillissant dans ma bouche alors que son flux de lait devenait un geyser positif.

"Merde", gémissaient Chris et Jamison, buvant le liquide blanc. "Putain."

Oui, c'est dépravé mais c'est ainsi que se passe la vie à nous quatre. Nous apprécions le corps de Tamara, et il semble que la grossesse n'ait fait qu'augmenter sa libido. En fait, elle en a tellement besoin ces jours-ci que nous l'avons installée dans le penthouse afin d'avoir la liberté de répondre à ses besoins à toute heure du jour ou de la nuit. Non seulement cela, mais nous offrons à Tamara une généreuse allocation parce que notre fille est incroyable. Bon sang, Tamara vaut son pesant d'or, et nous serions heureux de payer dix fois plus.

"Es-tu sûr?" murmura-t-elle en regardant le numéro sur son téléphone. Je venais de faire un dépôt direct et son compte bancaire affichait un solde à six chiffres.

"Bien sûr que nous le sommes", ai-je râlé. "Tu le vaux bien, bébé, et en plus, nous avons beaucoup d'argent. Nous voulons que vous soyez à l'aise et que vous ayez tout ce dont vous avez besoin, surtout avec un bébé en route.

Tamara s'est mordu la lèvre, puis a hoché la tête en signe d'acceptation, et depuis, nous effectuons régulièrement des dépôts directs. Je ne serais pas surpris si notre petite amie atteignait le statut de millionnaire dans un avenir proche, car nous prévoyons un « cadeau push » spécial une fois le bébé né. Nous pensons à un salaire à six chiffres, avec un compte 529 pour l'enfant, ainsi qu'une magnifique boule d'émeraude que Tamara pourra porter lors de nos soirées.

Bien sûr, notre copine a arrêté d'être serveuse au Corinthian, mais c'est parce qu'elle est enceinte, et pas parce qu'on lui a dit de le faire. Après tout, Tamara a un côté indépendant et n'aime pas qu'on lui dise quoi faire. Nous chérissons le feu dans son esprit et n'imaginerions jamais l'éteindre.

À ce moment-là, la porte d'entrée s'ouvre et Chris entre dans le salon, son beau visage se transformant en un sourire lorsqu'il voit la forme enceinte de Tamara allongée sur le canapé.

"Salut ma chérie", la salue-t-il en se penchant pour déposer un baiser sur ses lèvres. "Comment te sens-tu? Je viens de passer une commande d'œufs brouillés auprès du service de chambre, et votre chef personnel viendra plus tard pour préparer votre repas préféré. Mais pour l'instant, j'ai une surprise pour toi.

Il lui tend les mains et lui présente une boîte de chocolats suisses très chère.

« Mon Dieu, c'est une belle surprise ! » roucoule-t-elle, ses yeux marron s'illuminent. "Tu sais à quel point j'ai envie de chocolat ces derniers temps."

"Nous le savons", entonne Jamison alors qu'il entre lui aussi dans la pièce. "C'est pourquoi je t'ai aussi acheté du chocolat. Ce sont les bonbons spéciaux au goût chili que je sais que vous aimez.

"Hé, arrête d'essayer de me surpasser!" Chris proteste.

Nous nous contentons de rire tous les quatre.

"Plus de chocolat est toujours une bonne chose", je grogne en déposant un baiser sur la gorge fine de notre petite amie. "Surtout parce que tu manges pour deux, ma chérie. Devons-nous ajouter de l'avocat à ces œufs brouillés ? »

"Non, mais tu pourrais ajouter du beurre de cacahuète", dit Tamara d'un ton sournois. "Tu sais à quel point mes envies deviennent bizarres parfois." Mais ensuite ses yeux s'écarquillent. "Oh mon Dieu, en parlant de beurre de cacahuète, est-ce que je t'ai parlé de mon amie Stasia ?"

"Ouais, tu l'as mentionné plusieurs fois auparavant," j'acquiesce. "Tout va bien?"

« Oui, elle va bien. C'est juste qu'elle traverse une période difficile en ce moment parce qu'elle est toujours au Corinthian. Elle dit que je lui manque.

J'acquiesce.

« Il fallait s'y attendre. Mais tu es passée à des choses plus grandes et meilleures, chérie. Comme avoir notre bébé.

Tamara hoche la tête, l'air pensif.

« Ouais, mais Stasia est dans une situation bizarre parce qu'elle n'est jamais promue. Après que j'ai arrêté, ils cherchaient quelqu'un de nouveau pour travailler dans la salle des gros joueurs, mais elle a plutôt été ignorée par cette salope d'Elaine.

J'acquiesce.

« Eh bien, quel est le problème ? Stasia n'est-elle pas mignonne ? Ils ne mettraient jamais une fille laide dans la salle des gros joueurs.

Tamara secoue la tête.

"Non, mon amie est vraiment mignonne", rit-elle. "Mais lorsqu'elle a demandé pourquoi elle avait été ignorée, son patron lui a répondu que c'était parce que son comportement était inapproprié ces derniers temps."

Je fronce les sourcils.

"Inapproprié? Comment ça?"

Tamara se mord les lèvres, les yeux inclinés sur le côté.

"Eh bien, je ne sais pas si je dois te le dire..."

Jamison et Chris reniflent.

« Chérie, tu ne peux pas commencer une histoire sans la terminer. Ce n'est tout simplement pas bien.

"Allez," ajoute Jamison d'un ton persuasif. « D'ailleurs, qu'est-ce qui pourrait être si inapproprié ?

Tamara reçoit un regard secret et se penche en avant, baissant la voix même s'il n'y a personne d'autre pour l'entendre.

"Eh bien, je pense que Stasia passe des moments sexy avec son beau-père. Vous savez, ce genre de moment sexy", ajoute-t-elle rapidement.

Je siffle.

"Putain de vache, c'est assez dépravé."

Jamison hoche la tête, les yeux pensifs.

« Oui, mais comment l'hôtel Corinthian l'a-t-il découvert ? Espionnent-ils leurs employés d'une manière ou d'une autre ? Au contraire, ce serait un problème personnel. Cela ne devrait pas avoir d'impact sur leur activité.

Tamara hoche la tête.

"Eh bien, la rumeur dit que Stasia et son beau-père jouaient avec du beurre de cacahuète d'une manière sale. Mais elle n'a pas tout essuyé, ni ne s'est pas complètement douchée, ou quelque chose comme ça. Ainsi, lorsqu'un client la touchait là-bas, ses doigts repartaient collants et gluants de beurre de cacahuète, et non de sa crème féminine. Il était énervé et l'a immédiatement signalé à la direction. Elle a dit qu'elle n'était pas professionnelle, et qu'elle avait encore des maux de tête.

Nous regardons tous les trois.

"Êtes-vous sérieux ? Un morceau de beurre de cacahuète ? Est-ce que j'ai bien entendu ? Je demande d'un ton incrédule.

Tamara lève les deux mains en signe de reddition.

"Hé, différentes personnes aiment différentes choses", dit-elle. «Je ne sais pas pourquoi Stassi et son beau-père jouaient avec du beurre de cacahuète, mais évidemment, certaines personnes sont vraiment excitées par les jeux de nourriture. Personnellement, j'aurais préféré Marshmallow Fluff, mais à chacun son goût », dit-elle d'un ton narquois.

Je secoue la tête.

"Putain de merde. Chatte au beurre de cacahuète. Qui savait que c'était une chose ? Et pas de problème, chérie. Je commanderai un pot géant de Marshmallow Fluff chez Costco dès que j'arriverai à mon ordinateur portable.

"Merci", rigole Tamara. « Parce que je plaisantais en quelque sorte. Marshmallow Fluff pourrait être vraiment amusant », fait-elle un clin d'œil. « Quoi qu'il en soit, je vais essayer d'en savoir plus parce que je suis intrigué. Je veux dire, j'ai l'impression que si Stassi... » Soudain, Tamara s'interrompt avec un grand cri et son visage se plisse de douleur. Immédiatement, nous sursautons tous les trois de panique alors que nous essayons de comprendre ce qui ne va pas.

"Ce n'est rien, ce n'est rien", murmure la brune aux courbes généreuses, grimaçant en posant une main sur son ventre. « Le bébé a commencé à donner des coups de pied soudainement... ouais ! » Elle laisse échapper un rire douloureux en secouant la tête. « J'ai l'impression d'avoir un futur footballeur qui s'entraîne ici. Ouais.

"Êtes-vous d'accord?" » demande Chris d'un ton inquiet. "Dois-je te donner de la glace à mâcher?"

"Non, non", murmure Tamara en s'installant à nouveau contre le canapé. «Je vais bien, merci. Je pense qu'il est calmé pour le moment.

Nous poussons des soupirs de soulagement, nous détendant à nouveau alors que notre fréquence cardiaque revient à la normale.

"Tu sais, je suis prêt à parier que c'est un garçon," je souris. « Je vous le dis les gars, c'est un athlète professionnel qui se promène là-dedans ! Il va être fort, tout comme son père préféré.

"Oh, s'il te plaît," Chris lève les yeux au ciel. "Nous savons tous que je vais être le favori parce que je suis le plus beau de nous trois."

"Non, tu es le plus délirant de nous trois," grogne Jamison. "Je vais être le préféré de notre petite fille."

"Jamison, tu es définitivement mon préféré en ce moment", rigole Tamara tandis que Chris et moi haletons en guise d'offense. « Parce que je pense que c'est aussi une fille ! Jamison est d'accord avec moi et cela me rend heureuse », explique-t-elle en haussant les épaules.

"Eh bien, si c'est une petite fille, je sais qu'elle ressemblera à sa magnifique mère", sourit Chris. « Tu es ravissante enceinte. Je veux dire, tu es vraiment rayonnante, ma chérie, et tu es incroyable avec ton ventre plein de notre enfant.

"Merci", sourit Tamara. Il se penche pour un baiser sensuel, réclamant sa bouche avec la sienne.

"Chris essaie juste de te flatter puisque tu as dit que j'étais ton préféré, mais il a raison. Tu as l'air magnifique », rit Jamison avant d'entraîner Tamara pour un baiser à son tour.

Leur baiser dure beaucoup plus longtemps, ce qui fait rager Chris, mais avant qu'il ne puisse siffler, j'avance rapidement. "Ouais, tu es magnifique. Et plus encore, je pense que nous devrions vous montrer une certaine appréciation pour avoir porté notre bébé », je ris. « Nous allons être parents dans quelques mois seulement. Peux-tu le croire?"

« À peine », sourit Tamara. "Vous ferez d'excellents pères."

« Et tu seras la meilleure mère du monde. Je le sais et je le ressens jusqu'à mes tripes. Au fait, est-ce que je t'ai dit récemment que tu étais incroyable, Tamara ? Parce que vous êtes."

« Merci, Danois. Vous aussi, vous êtes vraiment géniaux," sourit-elle, riant lorsque je lui parsème le visage de bisous avant de presser mes lèvres sur les siennes dans un baiser tendre mais passionné. Jamison et Chris se penchent également dans l'étreinte, et les étincelles volent comme elles l'ont fait la toute première fois lorsque nous avons joué à Whack A Mole au casino. Je gémis en me rappelant que Tamara se déplaçait entre nos genoux, glissant de haut en bas sur tous les pôles durs que nous lui présentions tout en haletant de plaisir. Mieux encore, je peux le voir maintenant – je joue à nouveau à Whack A Mole, avec Tamara très enceinte cette fois-ci, la tête penchée en arrière avec extase tandis que nous giclons et tirons comme les mâles alpha virils que nous sommes. Après tout, nous avons toujours été des hommes chanceux... mais cette fois, nous avons trois fois plus de chance.

LA FIN

AVEZ-VOUS APPRÉCIÉ CETTE HISTOIRE ?

72

Don't miss out!

Visit the website below and you can sign up to receive emails whenever Père Lolo publishes a new book. There's no charge and no obligation.

https://books2read.com/r/B-A-WAWIB-FMFID

Connecting independent readers to independent writers.

Did you love *3 fois plus de chaleur*? Then you should read *Steve du Nouvel An*[1] by Père Lolo!

[2]

Le PDG Harrison Steven McGinnis est incognito. Mieux vaut utiliser un faux nom lors de rencontres en ligne lorsque l'argent, les relations et sa célèbre entreprise sont en jeu.

Pour se sauver des chercheurs d'or du monde, il cache son visage et change son nom en Steve, et parvient toujours à établir une connexion étonnante avec une femme nommée ◇◇◇◇◇◇◇.

Nouvelle année? Nouveau petit-ami?

La comptable ◇◇◇◇◇◇◇ Thompson travaille tard. Déterminée à atteindre son objectif de fin d'année, elle ne quitte pas son bureau tant que le travail n'est pas terminé. Sa récompense ? Un rendez-vous avec Steve.

---

1. https://books2read.com/u/bOpg0K

2. https://books2read.com/u/bOpg0K

Si seulement la lumière au-dessus de son bureau arrêtait de clignoter, et que la rencontre avec le super technicien de maintenance arrêtait de la faire se tortiller sur sa chaise de bureau.

Du coup, le travail prend plus de temps à terminer et son rendez-vous avec Steve ? Cela ne semble pas si excitant. Pas quand elle n'arrive pas à oublier Harry.

Son réveillon du Nouvel An peut-il être sauvé ? Et qui l'attendra lorsque le bal tombera à minuit ?

Also by Père Lolo

Échos de passion
Une épouse pour un milliardaire
Le Passager Clandestin
Mauvais avec l'amour
Steve du Nouvel An
Ma Violente Valentine
La Déesse de l'île
Réclamer sa Propriété
3 fois plus de chaleur
3 fois plus de chaleur
Jaune
L'éternité du Milliardaire
Attendre pour toujours
Celui qui s'est enfui
La Caresse du Milliardaire

9 7 9 8 2 2 4 4 2 5 6 9 3